Presented by ケンノジ
illustration KWKM
6
外れスキル
「影が薄い」を持つ
ギルド職員が、
実は伝説の暗殺者
The Guild officials with Weak skills “vanish” are actually legendary assassin.

リーナ
若くして驚異的な才能を持つ魔導士。
ロランのかつての仲間。
アルメリア・
フェリンド
フェリンド王国、第一王女にして勇者。
ロランのかつての仲間。
ロラン・アルガン
人間と魔族の戦争を終結させ、
伝説となった凄腕の暗殺者。

かつて勇者パーティと呼ばれた五人の英雄たち
セラフィン・マリアード
守護聖女と呼ばれた大神官。
ロランのかつての仲間。
エルヴィ・エルク・ヘイデンス
ルーベンス神王国の侯爵令嬢でもある聖騎士。ロランのかつての仲間。

「いよいよ妾とともに魔界に行くことになるかもしれぬな？」

聞こえる声はどこか楽しげだった。

「犯人が『俺』だとバレればな」

ライリーラ・ディアキテプ
元魔王、現ロランのパートナーである魔族の女性。愛称はライラ。

外れスキル「影が薄い」を持つギルド職員が、実は伝説の暗殺者 6

著 ケンノジ

Ill. KWKM

The Guild officials with Weak skills "vanish" are actually legendary assassin.

Presented by Kennoji and illustration by KWKM.

口絵・本文イラスト
KWKM

装丁
AFTERGLOW

CONTENTS

1　帰還と日常とこれから

昔は仕事の都合で左利きを装うことも何度かあったので、隻腕でもギルド職員の仕事に別段困ることはなかった。

ただ、物理的な問題でたくさんの書類を持つことはできなくなった。

「ロランさん、お弁当食べさせてあげましょうか……？」

昼休憩になると、決まってミリアがこのセリフを言う。

「いえ、左手で事足りるので大丈夫です。お気遣いありがとうございます」

「そ、そうですか？」

ミリアは少しだけ残念そうにした。

バーデンハーク公国を牛耳ろうと目論んだウェルガー商会とフェリンド王国の貴族バルバトス・ゲレーラは密約を結んでいた。

互いに後ろ盾となり、ウェルガー商会はバーデンハーク公国を牛耳り、バルバトスはフェリンド王国の乗っ取りを画策し、支援し合う関係だったのだ。

彼らの陰謀を潰えさせることができたが、調査していくと、バルバトスが最大の敵と認識していたのは、王都にいる勇者アルメリアだった。

俺を暗殺者として育てた師匠のエイミーは、バルバトスの依頼を受け、アルメリアを始末するため行動を起こしていた。平和の象徴でもあるアルメリアが暗殺されれば、また世界が乱れる。そう思った俺は、エイミーを止めるために手を尽くした。結果的に死ぬつもりでエイミーに挑んだのがよかったようだ。彼女を止められたのなら、片腕を失うくらい安い代償だろう。

ただ、アクシデントがあった。ライラの魔力を抑え込んでいた首輪が千切れてしまったことだ。

幸いにも、魔王の魔力によるこれといった被害が一般人になかったため、今も俺とライラは元の家で生活をしている。

だが、ライラの力を利用しようとする輩《やから》が現れないとも限らないので、首輪は早急に直す必要がありそうだった。

裏でのいざこざが終わると同時に、本来の目的である大規模クエスト……バーデンハーク公国でのギルド設立が終わった。俺に付き従い彼の国でクエストをこなしていた冒険者、並びに俺が選びともに働いたギルド職員たちには報酬が支払われた。

冒険者は、あちらでの功績に応じて。ギルド職員は、一律での支払いだったようだ。

ニール冒険者と弟分のロジャーの二人はこちらに戻ってきてからというもの、羽振りがいいという。

あちらに残った冒険者も何人かいた。バーデンが祖国だったり、復興の使命感に燃えていたり、はたまた現地で恋人を見つけたり。それぞれの居場所を見つけ、生活をしているそうだ。

やってきたディーとラビの二人に、まだ事の顛末《てんまつ》を説明していなかったことを思いだした。

俺の状態を見て驚いていたが、ディーは「あらあら」と冗談っぽく言った。

「ロラン様も、いっそのこと死んじゃってアンデッドになっていれば、わたくしたち永遠に一緒にいられたのにぃ」

悩ましげな視線に、俺は苦笑で答えた。

「誰《だれ》が死霊魔法を使ってくれるんだ？」

「決まってるじゃなぁい。ライリーラ様よぅ」

あれはあれでリスクを伴うという話だったが、言い出しっぺのディーは何もする気はないようだ。

どこまで冗談でどこまで本気なのかさっぱりわからないな。

「ロラン……先生は、悪い人だったの？」

ラビにとっては、スキルの使い方を教えてくれた先生だったな。

「悪い人ではない。ただ、仕事と趣味を混同させてしまったという点に関しては、悪かったのかもしれない」

仕事であれば、依頼人であるバルバトスがいなくなった時点で手を引く案件。

アルメリアに手を出そうとしたのは、好奇心や興味、強い存在と戦いたいという個人的な事情しか考えられなかった。

俺よりも長い間、暗殺稼業をしてきた彼女だ。

ただ標的を指定されて殺すだけの繰り返しに、飽きてしまったのかもしれない。

俺も続けていたらああなったのだろうか。

「先生って勇者様よりも強かったんだね」

「それ以上に、ロラン様は強いのよぉ」

「ほんとだ！」

驚き半分、尊敬半分のキラキラした眼差《まなざ》しでこっちを見るラビ。

ディーとは、年の離れた姉妹のようだった。

「ディー。ライラの首輪を直したいんだが、何かあてはあるか？」

「そうねぇ……」

ううん、と考えるように宙に視線をやった。

「もしかすると……。いえ、何でもないわぁ。一度お家に帰って現物を見せてちょうだい？」

「ああ。頼む」

「もう、ロラン様ったら、首輪をつけたいだなんて……ほんとドS……ゾクゾクしちゃうわぁ……」

身震いしているディーを見て、ラビが首をかしげている。

「どういう意味？　どえす？」

「おまえは気にしなくていい」

「わたくしもロラン様に首輪をつけてもらって、酷《ひど》いことされたいわぁ……」

ディーが陶然としたような表情で、吐息混じりのつぶやきを漏らす。

俺とそんなディーを見比べたラビが間に割って入り、両手を広げた。

「ロラン！　ディーさんに酷いことしないでっ」

「ガキは黙ってろ。ややこしくなるだろ」

俺ははぁ、と小さく息をついた。

「つけてもいい、と言ったのはライラだ」

「あらあらまああ……！　あらあらあら～どうしましょう、ライリーラ様ったら……。しっかりとオンナになってしまわれて」

会うのが楽しみだわぁ、と悪い笑顔をしたディーが席を立って、くるーんと踵《きびす》を返した。

妙に機嫌がよさそうだ。

今日はロジェが家に来るはず。ひと悶着《もんちゃく》起きなければいいが。

ギルドを出ていくディーを見送ると、ラビが尋ねた。

「ディーさんって、夜中何しているの？」

「クエストだ」

「それは知ってるけど……」

「たとえば、要人の警護をするといっても、夜中に警護の人間は必要だろう？　そんなとき、ディーのような夜を得意とする存在がいると安心できる」

「晩ご飯を食べたあと出かけて、朝目が覚めたら隣のベッドにいるから……」

そんな単純なクエストばかりではないため、ディーもラビに毎回説明しないのだろう。

「ディーのような特異な存在はなかなかいない。それを日中守ってくれるおまえがいてくれると俺も安心だ」

「ほ、褒められた！」

「褒めたのはスキルだがな」

「意地悪っ」

べっ、とラビが舌を出した。

「エイミー……先生に会いたいか？」

「……わからない。会いたい気もする。でも、わたしのことは覚えてなさそうだし……」

「そうか」

俺とラビは同じ人に戦闘技術を教わった仲だ。いわゆる兄弟子と妹弟子の関係になる。

どれほどの弟子だったのかはわからないが、エイミーからすると、便利なスキルだから写させてもらおうと思っただけかもしれない。

あれからもう二か月ほど経《た》とうとしているが、エイミーはまだ眠っている。

「何か進展があったら連絡する」

「うん。ありがとう」

「ディーは、大規模クエストの報酬が出たのもあって、しばらくはクエストを受けない。ラビ、おまえはどうする？」

「わたしは……スキルもこんなだし……一人じゃ……」

ディーと組んでいる状態ではあるが、すべてディーのクエスト成果となる。だからラビの現状のランクはE。

『フォースフィールド』は便利だが、これしかできないラビからすると、一人は不安なんだろう。

ディーを守ってきたが、ある意味、ディーに守られていたと言ってもいい。

だが、当たりスキルであり、実戦経験を積めばもっと活躍の場が増えるはずだ。

防御系の魔法は地味で、覚えていたとしてもないよりはマシ程度の効果しかない――魔法使いの大半がそう認識し、軽んじている。

実際は、中級以上のクエストでは防御魔法、防御スキルは活躍の場が多い。使い勝手のいい当たりスキルを持つラビには、俺としてはもっと強くなってほしいところだが――。

「うへぇ、今日もヤバかったなぁ……」

「先輩、オレ、ちょっとチビっちまいました」

「ロジャー、心配すんな」

「まさか、先輩も……」

「オレァ大のほうだ」

「せんぱぁい。マジ敵わねぇスわ」

ニール、ロジャーのコンビが、早々に帰還した。

今日の討伐クエストは、思いのほか上手《うま》くいったようだ。

「……」

「ロラン、どうかした?」

「……経験豊富なベテランで、いつもボロボロ……。ランクも中級……攻撃系のスキル……」

ねえ、ロランってば、とラビが話しかけてくると、二人と目が合った。

「兄貴ぃぃぃぃい！　やりましたぁあ！」

装甲蛇《アーマースネイク》討伐の証《あかし》であるウロコをニール冒険者が掲げてみせた。

どかどか、と二人がこちらへ近づくと、ラビを含めた周囲の人間が一斉に距離を取った。

「先輩が、尻尾《しっぽ》で吹っ飛ばされて気絶したときには、もう終わったと思いましたが、オレ一人でなんとか――」

「おい、ちゃんとオレの活躍も兄貴に――」

仲のいい二人のやりとりを聞きながら、ウロコを預かり鑑定部署へ回しておく。

「討伐クエストは、やっぱり痺《しび》れるぜ」

「先輩……オレらは兄貴が教えてくれた通りにやってるだけじゃないッスか」

「そうだけどよぉ……」

会話が途切れたタイミングで切り出した。

「お二人に、預かってほしい新人がいるんですが」

「兄貴の頼みなら、断るはずがねえ」

「そッスね」

悩むことなく快諾してくれた。

ラビと目が合うと二人を指差した。

「ラビ、この二人としばらく組んでくれ」

「えぇぇぇぇぇぇ」

すごく嫌そうだ。口元を歪《ゆが》めて、眉《まゆ》をひそめている。

「ああ、誰かと思いきや、お嬢ちゃんか」

「防御スキルの女の子」

二人は一応知っているらしかった。

「ラビ、この二人と組んで戦闘経験や現場経験を積ませてもらえ」

「や、やだ！　だって、もっさりしてるし、汗くさそうだし――」

「おいおい、そんなこと言い出したらなぁ」

お。ベテランから新人への説教か。

「オレだっておまえみたいなガキよりもボンキュボンの子がいいわ！」

「ちなみに、オレはスレンダー派ッスね」

俺は頭痛を堪えるようにこめかみを押さえた。

「わたしだって、ロランみたいな人がいい！」

「おいいいいいいい！　それ言っちゃ、おまえ、全男は何も言い返せねえだろうがぁあああ！」

「すぐ大きい声出すし……下品だし……漏らすし……ロランは品があるもん。スマートで紳士だし」

「あのなぁぁぁぁぁぁ！　兄貴を引き合いに出したら誰《だれ》も敵わねえってなんべん言やわかんだ、このガキんちょは！」

俺はこの三人でできそうなクエスト票をいくつかカウンターに並べた。

「さて。これから三人でクエストをしていくわけですが」

「兄貴、オレらの話、聞いてたッスか？」

やれやれ、と俺はラビに言った。

「これからおまえが世話になる二人だ。態度を改めろ」

「はぁい……」

渋々といった表情で、唇を尖《とが》らせるラビ。

「どうでもいいけど、まずお風呂《ふろ》入ってきてよね。話はそれからだから」

「このまま抱き着いてやろうか、アァん!?」

「変態っ」

「仲がいいようで何よりです」

「あの、兄貴、都合よく解釈して話を進めようとしてないッスか？」

バレたか。やはりロジャーのほうが目端が利くようだ。

「仕方ないですね。日を改めましょう。お二人はクエスト帰りでお疲れのようですし」

二人にクエスト報酬を渡して、今日は帰ってもらうことにした。

「ラビ」

「うん？」

「おまえは、スキルの性質上誰かと協力することが多くなる。あれでは……」

「わかってる……。我がまま言って、ごめんね」

「わかっているならいい」

頭を撫《な》でると、気持ちよさそうに目を細めた。

「ディーにもディーの都合がある。常に一緒にいられるというわけでもない。今回は、冒険者として独り立ちするいい機会だと思った」

孤独な身の上では、一人で生きていくための知識や経験が必要となる。

「上品とは言えない二人だが、悪いやつではない」

「うん。……でも、漏らした状態だと、近寄りたくなくなるよっ」

……それもそうか。


仕事から家に帰ると、中が騒々しかった。

主に聞こえる声はロジェとディー。ときどきライラ。

あの二人は何を言い合っているんだ？

俺が入ると、小走りでライラが駆けてきた。

ずいぶんと所帯じみた仕草が板についてきたものだ。

「おかえり」

付近に誰もいないことを確認して、素早くちゅっと俺の頬にキスをした。

「ああ、ただいま」

奥に視線をやると、察したライラが「ああ、あれか」と説明してくれた。

「ディーが、首輪の出所がわかったらしくてな。なぜかロジェがそれで噛《か》みついておるのだ」

「どうせ、ライラに無能扱いされるのが嫌なだけだろう」

かもしれぬな、とくすくすとライラは笑う。

首輪がなくなっても、ライラに変化はどこにもない。魔王の魔力は感じるが、以前対峙《たいじ》したときのような刺々しさや禍々《まがまが》しさはこれっぽっちもない。

俺と暮らすことで、毒気が抜かれたのだろうか。

出会ったときはまだ『魔王』だった。

これが、ライリーラ・ディアキテプ本来の気配なのかもしれない。

リビングのほうへ行くと、二人の話し声は大きくなりはじめた。

「ロラン様、おかえりなさぁい」

「もう帰ってきたのか、ニンゲン」

ほわんとした微笑を浮かべるディーとちらっとだけ視線を寄こしたロジェ。

対照的な二人の態度だった。

テーブルの上には、壊れた首輪が置いてある。

元々これを持っていたのは勇者パーティのセラフィンで、効果を知って俺が預かることになった。

もっともその当時は、本当にそうなのか試すこともできなかったので、効力については半信半疑だった。

どこで手に入れたのかは、今となっては曖昧《あいまい》だ。

古い遺跡だったと言っていたような気もするし、露天商がそうだと知らず叩《たた》き売《う》っていたと口にしていたような気もする。出所をそこまで真剣に考えたことがなかった。

勇者パーティの一員だった彼女とは、あれからまだ顔を合わせていない。

王城の酒蔵を自分の部屋のようにしているとランドルフ王から聞かされたが、なんとも『らしい』話だ。居場所は知っていたので、用がない限り顔を見ようとは思わなかった。

俺が健在だという話もセラフィンは耳にしているだろう。

「ディー、首輪が何なのかわかったのか？」

「ええ。これなんだけれど……」

説明をしようとすると、ロジェが首輪を取った。

「直す必要はない。ライリーラ様は、今や完全体……。力を抑止するようなものを、キャンディス、おまえはどうして直そうとする」

「だってぇ……本人がほしいって言うんだもの。気に入っていたみたいだしぃ。ねえ、ライリーラ様ぁ？」

「う、うむ……」

いつの間にかリビングの入口にいたライラが歯切れの悪い返事をする。

ディーの目が笑っていた。

「ご本人たっての希望だとしても……ワタシは、ライリーラ様の身の安全を第一に考えている。どうか、ライリーラ様、ご再考を……」

「ロジェ隊長は真面目《まじめ》ねぇ」

「うるさい」

「安全だなんて、ロラン様がそばにいればそこが世界で一番安全じゃなぁい。それにぃ」

ちらっとディーが満面の笑みでライラに目をやった。

「ロラン様のおそばにいたいと思うライリーラ様の乙女心を踏みにじるわけにはいかないわぁ～」

演劇か何かの歌うようなセリフに、ライラが顔を真っ赤《まっか》にした。

「～～～っ！」

「き、貴様！　ライリーラ様がまた赤面されてしまったではないか！」

「だってぇ、本当のことなんですものぅ」

「ライラ、そうなのか？」

「おい、貴様もだ！　直球で本人に尋ねるな！　唐変木！」

「ち、違う……。猫の姿は、慣れるとあれはあれで便利でな……」

顔を背けながら、小声でもにょもにょとライラは言う。

「あらあら、まあまあ。ライリーラ様ったら、素直になれないなんて、乙女ねぇ」

「ぐ……。我が主の可憐《かれん》さは青天井か……⁉」

「エイミーのスキルを封じる魔法を考案したように、首輪を直す魔法は作れないのか？」

「うむ。それなのだ。首輪の内側にある術式は、どうやら魔族由来の技術ではないことがわかった」

「となると、人間の技術ということか？」

ライラは首を振った。

「いや、ニンゲンの技術であれば、妾《わらわ》が術式を理解できぬ道理はない。それで、ディーに見てもらったのだ」

「何か心当たりがあるふうだったな」

「今日ギルドでは明言しなかったけれど、確認してわかったわ。おそらく吸血族の古いまじないに近い術式みたいなのよぅ」

「ライリーラ様、吸血族などという陰険な種族より、エルフ族のほうがよっぽど技術は――」

「ロジェ、そなたは黙っておれ。そなたは妾が首輪を直すのに反対なのであろう?」

「うっ……」

主に冷たい目をされたロジェは首をすくめた。

「わたくしも、その手の技術に詳しいわけではないけれど」

「吸血族というのは……魔族の亜人種のような扱いでよかったか?」

「その通りである」

人族の亜人種にエルフやドワーフ、獣人がいるのと同じように、魔族も細かに種族が派生している。

ロジェが自分を変化していたダークエルフ族を筆頭に、吸血族、妖精《ようせい》族、鳥獣族、死霊族などがいた。

「ディー、これを直せる者は吸血族にいそうか?」

「ううん……さすがに探してみないとわからないわぁ。首輪自体古いものだし……」

吸血族は、ライラのような魔族とはその特異性から一線を画していると聞く。

「妾がついて行くのはよくないであろうな」

「それがいいかもしれないわぁ」

「なぜだ？」

「あくまでも亜種族であるからな。これでも妾は元魔王。魔族の王が付近をウロついていれば、変に警戒させてしまう」

ちらりとロジェに目をやる。

魔族と吸血族の関係は、人間とエルフ族の関係に近いのかもしれない。

全面的に友好関係と言えないあたりがとくに。

「古くから生きている吸血族は、まだ魔族に対してわだかまりがあるみたいだから、そのほうが賢明だと思うわぁ」

「ディーの嗜虐性も、吸血族ゆえのものであろう。おそらく首輪もそのために作られたのではないか？」

「わたくしもそう思うわぁ。純血種である魔族と亜種である吸血族の歴史よねぇ～」

人間の俺が知らない根深い何かがあるのだろう。

「魔力を反比例させるという効力は、人間ではなく魔族に使うのを想定したものであろう」

さっきから静かだな、と思って見やると、ロジェが膝《ひざ》を抱えて丸くなっていた。

「ワタシは、ライリーラ様を思って……」

ぶつぶつと文句を言っている。

「どうしましょう。このままだと、ロジェ隊長みたいな魔王様信奉派が連れ戻しに来るでしょうし……」

いずれにせよ、ライラが今の生活を続けるためには首輪が必要ということらしい。

「ディー、一人で問題ないか？」

「問題はないけれど、わたくし『ゲート』が使えないのぉ」

ライラは難しい。俺がついていってもいいが……。

「ロジェよ。頼めるか？　そなたしかおらぬのだ」

ピクピク、と長い耳が反応した。

「妾は行けぬし、ロランもギルド職員の仕事がある。でなくても、激戦のあとである。妾のために負担はかけたくはない」

ちょっとだけ顔を上げたロジェ。

「本意ではないであろうが、そなたしかおらぬのだ」

これが決定打となった。

「――――わっかりましたッ！　このロジェ・サンドソング、命に従いキャンディスと手がかりを探して参ります！」

「うむ！　それでこそロジェだ！」

「はッ！　吉報をお待ちください！」

善は急げと言わんばかりに立ち上がったロジェは、勢い勇んでリビングを出ていった。

「ロジェ隊長、どこへ行くの～？」

「吸血族がいそうなところだ！　はっはっはっはっは！　キャンディス、ワタシについてこい！」

「それはこちらのセリフよぅ」

ディーも席を立ってロジェのあとを追った。

二人きりになったところで、ライラがソファの隣にやってきた。

「本当にいいのか、首輪」

「うむ。妾に『魔王』は荷が勝ち過ぎていたのだ。……い、今のほうが、よほど幸せである……」

照れながら膝をすり合わせるライラ。

今のところ、まだ家事のほうが荷が勝っていそうだが……。

「おまえがそう思ってくれるのなら、それでいい」

2　ベテランとルーキー

「だーかーら！　おまえのランクはいくつだよ？」

「Eだけど、それが何？」

カウンターの向こうでニール冒険者とラビが睨《にら》み合っていた。

「ロジャーさんは、どう思います？」

俺が話題を振ると、「そッスねぇ」と腕を組んだ。

「オレはどっちでもいいんスよ。クエストのランクがDだろうがCだろうが」

「おいぃぃぃぃ、ロジャー、てめえはオレの味方だろう！」

「そうッスけど……」

二人のやりとりを眺めている俺の前に、ラビが割って入ってきた。

「ロランは、Cでも大丈夫って思ったんだよね？」

「ああ。でなければ斡旋《あっせん》などしない」

先日、俺がラビの実戦経験を積ませるためにニール、ロジャーの二人組に面倒を見るようにと頼み、そして日を改めた今日、三人での初クエストをいくつか選んで斡旋しているのだが――。

「兄貴、まだオレらは組んで今日が初日で、だからできれば簡単なDランクで……」

「ロランができるって言ってるんだから、Cでも大丈夫だってば！」

「そういうとこだぞ、イキった新人が失敗しがちな理由は！」

ニール冒険者の言にも一理ある。だが、ラビに言ったように、無茶なクエストを斡旋しているわけではないので、俺からすると正直どちらでもよかった。

「やはり、二人のほうがいいですか？　新人を預かるのは荷が重いですか？」

「いやいやいや、兄貴、ちょっと待ってください」

「そうッスよ。ただちょっと上手《うま》くいってないだけで……」

口を開けばケンカをしていても、戦闘中は上手くいくパーティは多い。

これからパーティになっていこうとする最中なのだから、多少の摩擦は目をつぶろう。

ニールとロジャーの両冒険者は、派手さはないが、腕も確かで経験も豊富。

それをラビが理解してくれれば、ニール冒険者の言うことも聞いてくれるだろうが、今のところ、ただのがさつな冒険者にしか映らないんだろう。

「ラビ。クエスト中は俺が指示を出すことはない。そばにいるのはこの二人で、話し合って連携を取る必要がある。わかるな？」

「うぅぅ……そうだけど……」

Dランククエストなら、この二人なら防御スキルはきっと必要ない。

だが、それを口には出さず、ラビを連れて行こうとしてくれている。文句を言う筋合いはどこにもないのだ。

まだまだラビは能力以前に人間として足りない部分が多い。

同行してやってもいいが、それではラビは結局俺の顔色を窺《うかが》いながらのクエストになる。

それでは意味がない。

プライドが高いのは、バルバトスの下で魔法使いとして扱われていたせいだろう。

「……」

絶対安全であろうクエストを斡旋している俺は、やはりラビをどこかで甘やかしているのかもしれない。

信用、信頼関係というのは、年月をかけて培う場合もあるが、酷《ひど》い経験を共有したり、死線を乗り越えたりすることでも得られる。

俺はカウンターの上に並んだクエスト票を一旦《いったん》回収した。

ロジャー冒険者が不安そうな顔をする。

「え、兄貴――」

こんな状況ではクエストを出せない――そう俺が判断したと思ったらしいが、逆だ。

「クエストを変えます」

三人の能力をそのまま評価すれば、これくらいのクエストは問題ないはずだ。

「Bランククエストです。こちらをお願いします」

クエスト票を一枚カウンターに乗せると、先輩後輩コンビがぎょっとした。

「B……オレらでもたまにしかしないし……いつもボロボロで……」

「そ、そうッスよ、兄貴。連携がまだ上手くできないちゃんラビは連れていけないッスよ……」

さっきまで自信過剰気味だったラビも、Bランクには少し腰が引けているようだった。

「ろ、ロラン……。Bランクは、ちょっと……。危ないかもだし……」

「危ない？　危なくないクエストはFだけだ。Eランククエストだって、場合によっては命を落とす可能性はあるし、事実そういった者も多くいる」

緊張したかのように、三人が押し黙った。

「Bランクは、できませんか？」

「い、いや、やる……やらせてください、兄貴」

「自分は、先輩の判断に従うッス」

「決まりですね」

手続きに入るため、ペンを持った。

「ね、ねえ。わたしの意見は……？」

「いつまで魔法使い気分でいる。おまえは現状、ただの足手まといなEランク冒険者だ。自分は特別だといつまで勘違いすれば気が済む」

ひぐっ、とラビが半泣きになった。

「あ、兄貴、ガキみたいな女の子にそんな言い方しなくっても」

ニール冒険者が見かねて口を挟んだが、俺は彼を手で制して続けた。

「嫌なら、好きな町で好きなように生きろ。おまえが生きるための選択肢は、そう多くはないぞ」

かつてないほど厳しい口調で言ったせいか、堪えていた涙をぽろぽろとこぼしはじめた。

「やる……このクエスト……」

さすがに気の毒に思ったのか、ロジャー冒険者が、慰めの言葉を何度か口にした。

「兄貴、言い過ぎッスよ」

「ああ。あんなキツい言い方しなくても」

「事実です」

詳細の説明をして手続きを済ませ、冒険証を返す。

俺は背を向けた三人に、「よろしくお願いします」と業務上の挨拶《あいさつ》をして送り出した。

隣の受付カウンターにいたミリアが、じい、とこちらに視線を送っていたのには、気づいていた。

一部始終を見ていたのだろう。

「ロランさん」

「はい？」

目をやった俺に、ミリアは笑顔を向けた。

「相変わらず、優しいですね」

「……」

この少し抜けているところがある先輩は、些細《ささい》な俺の気配りをよく見抜く。

「優しくないですよ。かなりキツい言い方で……言い過ぎだったかもしれません」

ふふふ、とミリアは微笑を崩さない。

「そうですね～。かつてないほどの厳しさがありました」

この様子……俺の狙《ねら》いを、わかってて言っているな？

「以後、気をつけます」

「気をつけなくてもいいんじゃないかなーと思います。刺激強めの、優しさです」

いや、気をつけるべきだろう。

同じ師に戦闘のいろはを学んだ妹弟子でもある。あの子の境遇や環境に、俺は無意識に甘く接してしまっていた。

あ、でも！　とミリアは何か思いついたように手をパチンと合わせた。

「ロランさん目当てにやってきた女子冒険者には、ああしたほうがいいと思います！　もっと厳しく！　泣かせるくらいに！」

「隻腕になってからは減りましたよ」

「ううん……もっと減ってほしいです……。違う意味で泣かせる数は全然減ってないですし……」

小難しい顔で、ミリアは唸《うな》った。


人間が三人いれば政治がはじまる――。

その中で諍《いさか》いが起きた場合、どうなるとその揉《も》め事《ごと》は早く収束するのか。

それは外敵が現れることだ。

俺が態度を一変させ、キツい言葉をラビに投げかけることで、三人は共通の気持ちを抱いたはずだ。実際、先輩後輩コンビは、来たときにはなかった優しい態度でラビに接し、ギルドから出ていった。

俺という『外敵』が現れ、そのあとは、Bランクの魔物という外敵を討伐する。

難易度の高いクエストをただ行うよりも団結しやすかっただろう。

送り出したのは朝だったが、三人が戻ってきたのは、昼過ぎだった。

「お疲れ様でした。早かったですね」

甲殻獣と呼称される個体の討伐は、思いのほか上手《うま》くいったらしい。

身なりをみればわかる。

「兄貴……ラビのスキルのおかげで、オレたちゃこうして無傷だ」

その後ろでラビが照れくさそうにしている。

「連発性の高さや範囲を小さくしたり拡大できたり……めっちゃ便利だったッス。自分らが預かってていいのかってくらいのスキルで……」

「ま、まあね。そ、それがわたしのスキルだから。守るのがお仕事ですから」

みるみるうちにラビの鼻が伸びているのが見えるようだった。

「さすがに自分も無茶だと思ったッスけど、いつも以上に早く終わったし、苦戦もまるでしなかったッスよ」

「それは、お二人の技量と経験によるものでしょう」

今度は、ニール、ロジャーの二人が照れくさそうに笑った。

「二人だったら、また漏らしてたかもしんねえ」

ガハハ、とニール冒険者が笑い声をあげた。

討伐の証《あかし》である殻をいくつか受け取り、鑑定部署に回す。ペンを持って手続きをしていると、

「おい、ラビ」「ラビちゃん、今言わないと」

という二人の急《せ》かす声が聞こえた。

「わ、わかってるよぉ……」

前にいた二人と入れ替わるように、ラビがやってきた。

「ロラン、怒ってくれてありがとう」

「何の話だ」

顔は見ないまま、手を動かした。

「ロランなんて嫌い！　って思ったけど、わたしのことを考えた上で言ってくれたことなんでしょ？」

「俺はただ、甘えたことしか言わないガキが嫌いなだけだ」

鑑定部署から書類が一枚回され、確認する。

討伐の証は問題なかったようだ。

「ベテラン冒険者は、どうだった？」

「二人とも、頼りになったよ。スキルを発動させるタイミングとかも、きちんと打ち合わせして、戦って……おじさんたち、強かった！」

「「おじ……さん？」」

後ろの二人が納得いかなそうに首をかしげている。

互いに認め合うことも、信用や信頼を築く上で重要なことだ。

「しばらくおじさんたちのお世話になるね」

「ああ。そうしてくれ」

報酬を渡し、ニール冒険者がそれを分配していく。

「え。わたし、少なくない？」

「少なくねえよ。Ｅランク冒険者ならこんくれぇが妥当だ。文句言うな」

えー？　と不満げに声を上げたラビだったが、本気で言っているわけではなさそうだった。

「ロラン、また明日来るね！」

そう言って、ラビは笑顔でギルドをあとにした。


夜遅く、ディーとロジェが家に帰ってきた。

「よくぞ戻ったな」

「ライリーラ様！　ロジェ・サンドソング、ただいま帰還いたしました！」

「ロジェ隊長は大げさねぇ」

玄関のあたりでそんなやりとりが聞こえ、こちらにやってくる三人の話し声がどんどん大きくなっていった。

「それで、首輪の件、直せそうな者のことは何かわかったか?」

「それなのですが……」

言葉の途中で、三人がリビングに入ってきた。

「ロラン様ぁ～。あなたのディーが戻ったわよぉ」

ソファでくつろぐ俺の隣にやってきて、ベタベタとくっついてきた。

それを見たライラが、ディーの後ろで目を吊《つ》り上《あ》げている。

「そこをどくがよい。そこは妾《わらわ》の定位置だ」

「別にいいじゃなぁい。ちょっとくらい。ねえ、ロラン様」

座る場所なんてどこでもいいだろう。

と、口にしかけたが、どうやらライラはそうではないらしい。必要以上にくっつくディーの背中に殺気を滲《にじ》ませた視線を突き刺している。

「ディー。離れろ。報告が先だ」

「やぁん。もお、いけずぅ♡」

このまま放っておいたら、有能な冒険者を一人失うことになる。

ぐいっと顔を押しのけると、ライラが割って入り、ディーのいた場所に座った。

「おほん。では、改めて報告を聞こう」

んもぉ、とディーは不満そうに言って、反対のソファに座る。

そばで片膝《かたひざ》をつくロジェが、調査報告をした。

「あの首輪を直せる者を捜しに、吸血族の都市、アルザルで調査をしておりました」

はじめて聞く名前の都市だった。

「アルザル……。ディーもそこ出身なのか？」

「ええ。ほとんどの吸血族はそこで暮らしているわぁ。陽《ひ》のあたらない薄暗〜い町なんだけれどぉ」

そこに、ライラが補足してくれた。

「アルザルは、魔界にある地下都市だ。場所が場所だけに、魔族……妾たちのような純血種ではわかりかねる事情や風習や風土があってな。特別自治を認めておる」

人間目線でいうと、エルフ族とその森のようなものか。

「アルザルで調査したところ、首輪の製作者が判明しました。ただ、その者は都市にはいないどころか、かなり長い年月、帰っていないようでして……」

ロジェの報告にディーが続いた。

「わたくしも、製作者の名前を聞いてなるほどと思ったわ。かなりの変わり者で有名だったのよぅ」

「名は？」

「ワワーク・セイヴ。反純血種思想の持ち主で、首輪を作ったのもそのせいみたい」

ワワーク・セイヴ……？

聞いたことのない名だが、吸血族の中では有名だったようだ。

「頭がキレる男なんだけれどぉ、ちょっと間違った方向に尖《と》り過ぎちゃったのかしらねぇ」

「ワワークという名なら、妾も聞いたことがある。一時期兵器開発で助力を仰ごうとしたが、門前払いでな。反純血思想なら、それもうなずける」

「魔王軍には、吸血鬼の部隊があっただろう」

「吸血族のすべてが反純血思想というわけではないのよぉ？　わたくしは中立。親純派でも反純派でもないわぁ」

「戦力を集めるために兵を募ったのだ。各種族からな。もちろん、無理強いはしておらぬ」

「魔界のために戦ってもいいと思ってくれた者たちが集まった、ということか」

「然様《さよう》」

それを戦時中に知っていれば、反純血思想派――反純派とやらと手を組めたのだが。

「他に、直せそうな者はいなかったのか？」

俺の問いかけに、ロジェが首を振った。

「どうやら、ワワーク個人が作り出した物のようだ。首輪の術式が理解できそうな者にも聞きこんだが、誰《だれ》もわからなかった」

「うむ……本人を捕まえて直させるか、新しい物を作らせるかのどちらかであるな」

だが、そのワワークは行方不明……。

製作者がわかっただけで、現状は打つ手がないようだ。

ロジェとディーの今後の目的は、調査ではなくワワーク捜索へと切り替えられた。

ディーをはじめとした、吸血族は、不老不死と呼ばれる。

どれだけ前にいなくなったのかで、捜索の難易度は変わってくるはずだ。

「セラフィンに手紙でも出すか」

む？　とライラが顔をしかめた。

「また新しいオンナか」

「違う。勇者パーティの神官と言えばわかるか」

「そのオンナと今アツアツなのだな？」

「違う。話は最後まで聞け。最終的に俺が預かったが、あの首輪を元々持っていたのはセラフィンだ。だから、何か知っているかと思ってな」

「ならよし！」

うむ、と大仰にうなずくライラだった。

ギルドの事務室で書類仕事をしていると、

「ロランさん、妾さんお元気ですかー？」

「はい、元気ですよ」

「あれからわたし、全然会ってなくて」

ライラの首輪が壊れてから、一度島で会った。そのときに、ライラの魔力について尋ねたが、これといって何も感じなかったというミリア。

もし捜索が空振りに終わり、ワワークが見つからない、もしくは死亡していた場合、ライラはあのままということになる。

他の人間たちが、ライラの魔力を魔王のそれだと感知できなければ、今のままでも問題はない
――とは思うが、魔界にそのことが知られると、迎えがくる。

「……」

そうなったら、俺は――。

「ミリアちゃん、ちょっといい……？」

「あ、はぁ～い」

女性職員に呼ばれたミリアが返事をして席を立ち、カウンターのほうへ向かった。

「聞いてねえんだよ、こっちは！」

事務室に響き渡るような大声だった。

「Dランククエストだぞ？　こっちゃ、その備えしかしてねえし、いきなりあんなの――。回復薬で仲間はどうにかなったけど、足りなかったらと思うと……」

今朝《けさ》やってきた冒険者だった。朝は仲間が他に三人いたが、今は一人だ。

「おい、あんた！」

「は、はいぃぃ……」

ミリアが斡旋《あっせん》したらしく、肩をすくめて縮こまっている。

「Aかそれ以上の魔物が出た。どうしてくれんだよ！」

「えぇぇ～。そんなぁ……でも、Dランククエストなんですよ……？　十分、危険性もご説明しましたし……」

ミリアをカウンターに呼んだ職員が、気の毒そうにしている。俺は彼女に尋ねた。

「ミリアさん、どうしたんですか？」

「誰が悪いとかじゃないんだけど……あの子が斡旋したクエストで、イレギュラーが発生しちゃったみたい。それでパーティの三人が大怪我《けが》をして……私もミリアちゃんがどんな説明をしてクエストを斡旋したかわからないし……それで替わってもらったんだけど……」

ぺこぺこ、とミリアが頭を下げているが、冒険者の怒りは収まらない。

「不手際として補償してもらうぞ！」

「で、ですが……」

「あんたじゃ話になんねえ。上のやつ呼んでこい！」

「は。はい……。しょ、しょしょしょう、お待ちください……」

今にも泣きそうなミリアが、カウンターに背を向けて、支部長室へと向かっていった。

「あの」

そのクエスト票を見て、俺は冒険者に声をかけた。

「なんだよ」

「Dランククエスト。殺蜂の巣の駆除を受けていて、お仲間様たちがお怪我をされたと」

「ああ！」

クエスト票に書き記してある受領者の欄を見ると、パーティ全員が適正ランクのDだったわけじゃなかった。

リーダーと思しきこの男がCランク、他はDが一人、あとはEが二人。

クエスト票の裏のメモに、『適正ランク外二名。危険性説明済み』とミリアの丸っこい字で書いてある。

「クエストの危険性、適正ランクを説明した上で、それでもなお怪我をする――よくある話では？」

「何だと、テメェ！」

冒険者がダミ声でがなる。

心配そうにした職員たちが、「支部長に任せとけって」や「火に油注ぐんじゃねえよ」と諌めるような言葉を投げてくるが、構わなかった。

「自業自得だと言っているんです」

「……おまえ、ちょっとこっち来いよ」

瞳孔《どうこう》を開いて青筋を立てる冒険者。

立ち上がってミリアがいたカウンターまで行くと、片腕の俺を見て、一瞬だけひるんだようだった。

「イレギュラーが起きたことは不運だと思いますが、自惚《うぬぼ》れた授業料だと思ってください。それで命を落とす冒険者は星の数ほどいます」

「オレたちは自惚れてなんていねえ！　ふざけんなよ、テメェ！」

「……では、なぜ低ランク冒険者を連れて魔物を討伐しようと思ったんですか？　二名もEランクならパーティの半分は適正ランク外。かなり危険です。それを承知の上で、クエストを引き受けたんですよね？」

一度言葉に詰まったが、唾《つば》を飛ばして威勢よくしゃべりだした。

「だ――だからぁ！　イレギュラーが起きたせいだって言ってんだろ！　本来のクエストならなぁ――」

「そうですね。イレギュラーなら、誰も悪くありません。強いて言うなら、運が悪い」

「っ……」

言おうとした何かを男が呑《の》み込んだ。

「だ、だがよ――」

「イレギュラーは予測できませんから」

「それでもなお、命を落とさずに四人が戻ってこられたことを喜んでください。イレギュラーなんて、よく起きることでしょう？」

はぁっ、と負けを認めたようなため息をついて、どすん、と椅子に座った。

「そうだな……。悪かったよ。八つ当たりしちまって……。あの女の職員さんに言っておいてくれ」

「それは、直接どうぞ」

戻ってきていたミリアが後ろに支部長といることには気づいていた。

「申し訳ない。職員さん。手間、取らせちまって……」

「い、いえ。わたしも、もっとできることがあったかもしれません」

「危ないことを冒す仕事なのになぁ……慣れてくると、そこらへんを、つい忘れちまうんだ。この片腕の人が言うみたいに、授業料だと思っておく。……むしろ、運がよかったのかもしれねえ」

小さく頭を下げて、冒険者は席を立ちギルドから出ていった。

ほっとした安堵《あんど》の空気が事務室に流れた。

「どうやって引き下がらせようか考えていたのに」

アイリス支部長がいたずらっぽく笑った。

「ロランさん、ありがとうございました！」

「いいえ。――支部長、すみません、出しゃばって」

「いいのよ。同じことを説明したとしても、あなたが言うのとじゃ、説得力が全然違って聞こえるから」

それはもしかすると、この風貌《ふうぼう》のせいなのかもしれない。

そうだとすれば、隻腕になったかいもあったものだ。

3　新種の魔物と地下空間　前編

「また猫ちゃんの捜索……」

ミリアが受付票を見て、うむむ、と悩んだあげく現状調査の箱へ入れていく。

依頼主から寄せられた相談を、クエストにするかどうかを俺とミリアで決めていた。

今は、溜《た》まっていたそれに半分ずつ目を通しているところだ。

「最近、ロランさんちの猫ちゃん見ないですけど、どうかしたんですかー？」

また一枚を見て、ミリアが却下の箱へ受付票を入れる。

「ああ……今は家で大人しくしているはずです」

「そうでしたか～。わたし、あまり好かれている感じはしないんですけど、今度会ったら抱っこしたいです」

そういえば、まだあれがライラだとミリアは知らないんだったな。

「好かれるといいですね。嫌がると引っかきますから」

「あぁ～。引っかくんですね……どうしたら気に入られるんでしょう……」

ケンカの仲裁という相談を却下にした俺は、次の受付票に目を通す。

「……ふうん」

依頼人はキコリの男。内容は、森に仕事へ行くと見慣れない魔物をよく見かけるので、そいつを討伐するなり追い払うなりしてほしいとのことだった。

現状調査に入れ、次の一枚を見ると、似たような内容だった。

同じ森で、見たことのない魔物がいるとのこと。

「ロランさん、森で最近変わったことってあったんでしょうか？」

「どうかしましたか？」

「いえ……同じ森で謎の魔物を見かけた、という相談がいくつかあって」

「こっちも、その相談が今のところ二件あります」

かなりの人間が目撃していて、口を揃えて見慣れないと言っている。

二人でひと通り受付票を見ると、例の相談は全部で八件にものぼった。

「ロランさん、手続きをお願いしてもいいですか？」

「はい」

八枚の受付票を持って支部長室に行く。

「ふうん。同じ相談が何件も……。それは気になるわね」

アイリス支部長は、顔をしかめながら受付票にさらりとサインし、それを返してくれた。

「再聴取と現場調査、お願いね」

「わかりました」

紙をまとめて懐に入れて、ギルドをあとにする。

似たような内容でも、ここまで一致することは珍しい。しかも八件もだ。

まずはキコリの男の家へと向かうことにした。

「夢かと思ったんだぜ？」

こぉーんなでっけぇんだ、と両手でどれくらい大きかったのか、キコリの男は説明してくれた。

やってきた男の自宅で、俺は見たとされる魔物の話を聞いていた。

「大きさはわかりました。このご自宅と比べたら、どちらが大きいですか？」

二階建ての一軒家。一般的なそれより、この家は大きい。

「さすがに……この家よりは小さかったな……。いや、匹敵するかもしれねぇ」

さらさら、と俺はメモをしていく。

「他に特徴は」

「四足歩行だったのは間違いない。……が、ビビっちまってすぐ逃げたんだ。見たのは、その一回きりで……」

「同じ魔物を見たであろう方が何人もいらっしゃいますので、その森にとどまっているかもしれません」

「仕事、あれから行ってなくてよぉ……」

「仕方のないことです。家並みに大きな魔物がいるんですから」

「職員さん、頼むよ。多少割高でも報酬は大丈夫だから」

「ここでどうとは判断しかねますが、他の方の情報やそれを元に戦力分析をさせていただき、その上で改めてランク設定と報酬のご相談をさせてください」

「ああ。よろしく頼む」

このようにして、俺は他の七人にも事情を訊《き》いて目撃情報を集めていった。

……が、どれもバラバラ。

キコリのように一軒家並みに大きかったという者はおらず、馬くらいのサイズだったという者が何人かいた。

二本足で立っていた、と証言した者もいた。

「……なぜここまで違う」

ギルドに戻って、メモした情報を見比べた。

そもそも同一の魔物ではなく、多種多様な見慣れない魔物がいたということだろうか。

共通しているのは、見かけたのは夕方から深夜。

夜行性の魔物の活動時間でもあるので、それほど大きな情報ではなかった。

相談者は、キコリのように仕事のためだったり、生活水を汲《く》みに行ったり、食料を採りに行ったりと、みな日常的にあの森に入る者たちだった。

森に入れなくなるというのは死活問題だ。

何かのクエストが発生するようなこともないため、冒険者が行くことのない森なのだった。

閉館間際。

案内人のジータがギルドへやってきた。

以前俺が王都で鬼ごっこをした獣人の少年だ。今は冒険初心者のために、森で迷ったりしないように、案内の仕事をしている。

「ジータ」

「よお、ロラン。どうかしたか？」

「ここから北東にある森で、何か変わったことはあるか？」

「変わったこと？　うーん。仕事で案内することもねえしなぁ……。あんま行かないんだよなぁ」

「そうか」

「ああ、でも、夕方から夜あたり、あの付近は何か嫌な気配がする。中に入ってみよう、とまでは思わないから、通り過ぎるだけだけど」

「やはり、俺が自分の目で見たほうが早そうだな」

「大丈夫かよー？　左手だけで」

「これだけでも、おまえをここからその森まで吹っ飛ばすくらいはできるぞ」

「うげっ……。あ、相変わらずビックリ戦闘能力だな……」

頬をひくつかせたジータは、一日の報告をまとめたものを提出してさっさと帰っていった。

俺は進捗《しんちょく》報告をアイリス支部長にし、許可をもらって現場へ向かうことにした。

直帰にしてもらったので、調べがついたらさっさと帰ることにしよう。

森にやってきたときは、空が茜色《あかねいろ》から藍色《あいいろ》に染まりはじめ、星が小さく瞬くような時間になっていた。

森の中は歩きやすく、道もはっきりしている。人が頻繁に行き来しているのがよくわかる。

普段誰かが水を汲んでいるであろう川、まだ少し新しい切り株、採取されたあとが残る山菜の群生地。

リスやウサギを何匹か見かけたが、これはどの森にでもある程度いる。

不意に静かな虫の音が聞こえなくなると、小動物の気配がすっと遠ざかっていった。

それと同時に、どしん、と重い音がする。

次に何かを発酵させたかのような饐《す》えた悪臭が鼻を突《つ》いた。

木々の間から差し込んでいた月明りが何かに遮られ、周囲が暗くなった。

目をやると、家一軒ほどはありそうな巨体の魔物が姿を現した。

おそらく、これがキコリが目撃した魔物だろう。

短い四本の足は太く、体全体は岩のような何かに覆われている。

顔と思しき部分には、糸のように細い目が四つ。たとえるのなら亀が一番近いが、こんな亀、もしくは亀型の魔物はいただろうか。

糸目のひとつが大きく開かれ、眼球がぎょろりと動いて俺を視認した。

「調査のつもりだったが、見かけてしまった以上、仕方ない」

足下の石を拾って、眼球めがけて思いきり投げる。

石は眼球に直撃し、ぼしゅ、と反対側へと貫通していった。

「ギォォォォォォォッ⁉」

森が震えるほどの悲鳴を魔物があげた。

大きいということは力があるということでもあるが、その分、動きは鈍い。

歩いてでも倒せる。

のしのしと動いていた以上、四肢のすべてが装甲のような岩石に覆われているわけではない。

それでは、動くのに不便だからだ。

……関節部分は、必ず岩石ではない肌があるはずだ。

適当な枝を探しながら後ろへ回り込むと、予想通り、膝《ひざ》の裏らしき場所には、肌が露出していた。

そこへ手にした枝を突き刺す。同じ要領で、他の三本の足にもそうしていった。

「ギォォォウ⁉　ギオッ――⁉」

身動きが取れなくなった魔物は、首を振って悲鳴を上げた。

「恨みはないが、貴様がここにいては困る人間が多くいる。彼らの『普通』を乱すわけにはいかない」

『魔鎧《マギレガス》』を発動させ、魔力で覆った左腕を魔物の頭に突き刺した。

声にならない断末魔を上げた魔物は、しばらく痙攣《けいれん》したのち、事切れた。

「……ん？　これは――」

体を観察していると、何かの術式にも似た文字の羅列を見つけた。

その文字は、ライラの首輪のそれとよく似ていた。

帰宅した俺は、首輪の内側にある文字を確認した。

確かによく似ている。

何も言わず帰ってきた俺のあとを追いかけ、リビングまでライラがやってきた。

「どうかしたか?」

「この首輪の内側にある術式が、魔力反比例の術式ということでいいんだな?」

「おそらくそれで間違いないと思うが」

「……」

「何かあったか?」

俺は、さっき森で見た巨大な見慣れない魔物のことについてライラに教えた。

「ふうむ。最近現れる謎の魔物……。そやつはこの首輪に似た術式を体に刻まれておった、と」

「一部に書いてあったのではなく、全体にだった」

「四つ目の亀で、岩石のような体……。妾《わらわ》も思い当たる魔物がおらぬ」

素人目には見慣れない魔物でも、俺やライラがその特徴を聞いて見当がつかない魔物は少ない。

「便宜上、鎧亀《よろいがめ》としよう。鎧亀は家一軒ほどの巨体だった。だが、森に日常的に入っている者でそれを目撃したのは、一人だけだった」

「……ということは、鎧亀とやらは、その森を住処《すみか》としているわけではなさそうであるな」

「ああ」

「倒したというのなら、骸《むくろ》を見れば何かわかるやもしれん。現場まで連れていってくれぬか」

承知した俺は、ライラを伴い現場の森まで戻った。


「ここで間違いないようだが――」

きょろきょろ、とライラが周囲を見回す。俺も同じように辺りに目をやった。

さっきまであった鎧亀の死体がなくなっている。

「どこに行った……?」

「そなたから漂う血のにおいと、ここらへんに漂う血のにおいは同じである。ここで間違いないのであろうが」

あの巨体を探すはめになるとはな。

「いないなら、いないとはっきりとわかる図体《ずうたい》だ。ということは」

「誰かが、持ち去った?」

「ん。おそらくな」

簡単に持ち去れるようなサイズではない。

魔法か、それとも別の何かを使って運んだのだろう。

ライラも解読できないあの術式と似た術式が鎧亀に書いてあった。

もし同じ術式言語であるなら、首輪を製作したとされるワワークという吸血鬼と何か繋《つな》がりがあるのかもしれない。

あの鎧亀の他にも、何体か見慣れない魔物が出現するという話だったな。

これをクエストにするなら、然《しか》るべき冒険者に討伐させればいい。

だが、鎧亀と同じように術式が刻まれた個体だったとするなら、その魔物は手がかりになる。

最終的に討伐するとしても、ある程度は泳がせておきたい。

どこからやってきたのか、ただの突然変異体なのか、それとも誰かのペットなのか、確かめておきたい。

「妾が『シャドウ』を出しておこう」

「そういえば、使えるんだったな」

「ふん。たわけたことを。妾がそなたに教えたのだぞ?」

「そうだったな」

ライラが『シャドウ』を発動させると、魔力がライラを中心に広がった。

「キ！」

小型犬ほどの大きさの『シャドウ』が現れる。

俺の『シャドウ』は男型だが、ライラのは少し違っており、女らしい丸みを帯びていた。

その『シャドウ』が俺の足にまとわりついて、体をこすりつけてくる。

「わ、わわ!? や、やめよ！　な、何をしておるかっ」

慌てたライラが『シャドウ』の首根っこを掴《つか》んで俺から引き離す。

ぽい、と遠くに投げると、森の闇《やみ》に紛れてしまい姿はすぐに見えなくなった。

「あやつにここの監視をさせる。何かあれば、そなたに伝えよう」

「わかった。俺の『シャドウ』とは違うんだな。丸みがあった」

「そ、それは……少なからず術者の精神性が反映されるのだ」

術者の精神性が反映される――ということは、あの体をこすりつけてくる行動は――。

「今日は、ディーもロジェも戻らぬと、昼間聞いた……」

そういうことらしい。

「夕食の準備もしてあるが、い、いかがする？」

小声でぼそりと言うと、目をそらした。

「妾の我がままで手間をかけているのだから、その礼である。多少……頑張らなくは、ないのだぞ？」

恥ずかしげにそう言う魔王様に呆《あき》れたが、苦笑しながら頭を撫《な》でる。

「その頑張りとやらを見せてもらうとしようか」

「ふん。偉そうに」

頬を染めたライラがじっと俺を見て、プイ、と顔を背けた。

「その言葉、後悔するでないぞ？」


翌日。

朝礼後、俺はアイリス支部長に昨晩のことを報告していた。

「ロランでもわからない魔物？」

「はい。突然変異した魔物なのかもしれません。なので、あの森には原因がわかるまで、誰《だれ》も近寄らせないほうがいいのかもしれません」

「それもそうね」

ふむふむ、とアイリス支部長は自慢の美脚を組み替えて、デスクを人差し指でノックする。

何かを考えているときに多い仕草だ。

「領主様に、そのことを報告して立入禁止区域にしてもらいましょう」

「はい。そのほうが被害を未然に防げるでしょう」

あの森で生活の糧を得ている人には少々キツいかもしれないが、怪我《けが》をしたり命を落としたりするよりずっとましだろう。

「ああ、それと、昨日《きのう》渡しそびれちゃったんだけど、王都から手紙よ」

「ありがとうございます」

ランドルフ王からだろうか、と思って封筒を確認すると、宛名《あてな》に「ロランさん♡」と書いてあった。

冗談か本気かわからないいたずらっぽい笑顔が思い浮かんだ。

……あいつか。

封筒をビリビリに破って中身を取り出す。

『お久しぶりです、ロランさん』

その文言から手紙ははじまっていた。

先日、首輪の件でセラフィンに手紙を出していた。これはその返事のようだった。

アルメリアやエルヴィ、リーナの三人とは再会を果たしているのに、自分のところへどうして顔を見せないのか、という苦情からはじまり、わたくしは嫌われていたのですね!? という、おそらく冗談であろう文言が続いた。

そのくだりが長かったので、読み飛ばした。

結論から言うと、セラフィンはあの首輪について、俺以上の情報を持っていなかった。

首輪は戦場で拾い、後日鑑定士に見てもらい、効果のほどを知って俺に預けたという。

手紙を懐にしまうと、こん、と窓ガラスを叩《たた》く何かの音がした。

不思議に思っていると、こん、という音がまたする。

窓を開けて外を見ると、ライラの『シャドウ』が三度石を投げようとしているところだった。

石はかなり大きく、窓にぶつければガラスは確実に割れていただろう。

『貴様殿、出たぞ』

『シャドウ』からライラの声がする。後ろでアイリス支部長が、「ライラちゃんの声?」と不思議そうな声を上げた。

「しゃべれるのか」

『妾を誰と心得るか』

うはははは、と『シャドウ』はひとしきり大笑いをした。

昨晩、森で後悔させてやると息巻いたライラは、深夜には虫の息になり、その言葉を後悔することになった。今はずいぶん元気が戻ったようだ。

『森に配置した「シャドウ」の視界で見た限り、トカゲのような風体の魔物だった。が、はじめて見る魔物だ』

「わかった。現場へ行こう」

『かなり警戒しておる。もしかすると、昨日のことが原因かもしれぬな。なかなか近寄れぬ』

飼い主が同じならいいが。

『泳がせる以上、尾行がバレてはおしまいであるぞ？』

「誰に言ってる」

窓から外に出ると、会話で事情を把握したアイリス支部長は「気をつけてね」と窓から手を振った。

4　新種の魔物と地下空間　後編

ギルドをあとにした俺は、件の森へとやってきた。

ライラが出した伝令役の『シャドウ』は俺の腰あたりにくっついている。

『見かけたトカゲの魔物は、貴様殿が言っていた鎧亀《よろいがめ》のようなサイズではなく、犬ほどの大きさであった。鎧亀がああなってしまった原因を探りに来たのかもしれぬ』

あり得る。

もし飼い主が同じだったとして、魔物たちをあの森に放って何をしているのだろう。
キ、キ、と『シャドウ』が方角を指差す。そちらへ歩を進めてみると、監視役の『シャドウ』が木のうろの中でじっとしていた。
キー、キー、と監視役が別の方角を指差した。

がさり、と物音がすると、ライラの情報通りのトカゲ型の魔物が物陰から現れた。

全身が棘《とげ》で覆われていてハリネズミにも似ている。

尻尾《しっぽ》や仕草はトカゲと言ってもいい。

棘トカゲとでもしておくか。

様子を窺《うかが》っていると、腐葉土をさくさくと音を鳴らして歩く棘トカゲは、時折地面に鼻をつけて何かを探っている。

ちょうど、俺が鎧亀を倒したあたりだった。

ライラの予想通り、調査に来たのかもしれない。

棘トカゲは、木に登って周囲を見渡す。

棘は背面だけらしい。腹側にあっては移動がしにくいからだろう。

木の枝から飛んで着地し、また別のほうへと尻尾を揺らして歩いていく。

腹のあたりに……。

「ライラ、見えたか」

静かな声で『シャドウ』に話しかける。

『うむ。一瞬ではあるが、腹のあたりに首輪と同じ術式言語のようなものが見えた』

「鎧亀のそれとおそらく同じものだ」

『であれば、あれはペットで、その飼い主は同一人物らしいな』

それからしばらく棘トカゲはあちこちをうろついた。

俺は気配を周囲に同化させながら、棘トカゲのあとを追う。ライラの伝令用『シャドウ』も俺に再びくっつき、様子を見守った。

調査は十分だったのか、棘トカゲは森を出ていった。

『主の下へ戻るのかのう』

「おそらくそうだろう」

鎧亀もそうだが、俺もライラもわからない魔物というのが引っかかる。

それを同一人物が使役しているというのも気になる。

予定通り棘トカゲを尾行していくと、森から離れた小さな湖へとやってきた。森を流れる川の下流にある湖で、俺たちが暮らすラハティの町からもそう離れてはいない。

きょろきょろ、と周囲を見渡し、棘トカゲは湖の中に入った。

『水中か。尾行はここまでかのう……』

「あの魔物は水中で生活できる体をしていない。潜ってどこか別の場所に行くんだろう」

『だが、準備をせねば』

「無用だ」

一度深呼吸をして、音を出さないように静かに湖の中に入る。

『大丈夫か？　水中であるぞ？』

答えないまま、俺は棘トカゲを探す。

ライラが泳ぐところを見たことがない。

そもそも自然の水に入るということが魔族にはないのかもしれない。

見つけた棘トカゲは、四本の足を忙《せわ》しなくバタつかせながら、洞窟《どうくつ》らしき暗い穴のほうへ泳いでいく。

くいくい、と『シャドウ』が服を引っ張る。

『い、息ができぬのではないか？』

さすがに俺でもここでは呼吸はできない。エラがないからな。

『し、死んでしまうぞっ。早う陸へ上がらぬかっ！』

話せるはずのない俺に、ライラはあれこれ話しかけてくる。

もしかすると、水中ではしゃべれないと知らないんだろうか。

スキル『影が薄い』を発動させる。

水中ではどうしたって物音や空気の音が出てしまい、対象に気づかれやすくなる。それを防ぐためだった。

気づく様子はまるでない棘トカゲは、洞窟の中へ入っていく。追いかけた俺も洞窟内をしばらく泳ぐと、棘トカゲが水中から出ていく。どうやらこの洞窟が出入口になっているようだ。

俺も静かに頭を出し、何の気配も感じないことを確かめ、縁へと体を持ち上げた。

『そ、そなたは、不死身なのか……⁉』

驚くライラには構わず、棘トカゲを追う。

少しだけ上がった息を整え、洞窟を奥へと向かう。

飼い主がこの奥にいるのなら、ずいぶんな場所で暮らしているものだ。

鎧亀を飼っていたとして……どうやって出入りさせるのだろう。

洞窟は、あんな巨体が通れるような幅はない。

進んでいくにつれ、魔物の気配が強くなってきた。

ようやく開けた場所に出ると、そこは巨大な地下空間となっていた。

薄暗くはあるが、何があるのかはわかった。

魔物の唸《うな》り声や魔獣の咆哮《ほうこう》が断続的に聞こえている。どれも檻《おり》に入れられていた。

『何だ……ここは……』

「魔物や魔獣で何かをしているらしいな」

首輪にあった術式言語には、魔力を反比例させる効果があった。

そのようなことができるのなら、魔物や魔獣を制御したり、魔力を増幅させたりするのはたやすいのかもしれない。

背後に人らしき気配を感じた。

――スキル発動。

スキルを使った俺を視認することは至難だろう。おまけに薄暗い。姿をくらますくらい造作もなかった。

ここの関係者か誰かか――？

ちょうどいい。訊《き》きたいことがある。

「ぐうっ……!?」

一瞬にしてそいつの背後を取り、いつでも喉《のど》を潰《つぶ》せるように親指を突きつけた。

「な、何だ……!?　て、敵かっ」

ん？　この声は……。

「ワタシは、み、道に迷っただけで……」

「あらあらぁ。そんな安い嘘《うそ》が通じるかしらぁ」

ディーの声もする。

振り返るとディーがいて、よく見ると、俺が喉を潰そうとしているのはロジェだった。

はぁ、と肩透かしを食らった俺がロジェを離すと、へなへなと座り込んだ。

「ここで何をしている」

「き、貴様か……！　い、いきなり喉をぐいっとしてきたのは！　ぐいっとするな！」

「静かにしろ、バカエルフ」

代わりにディーが説明してくれた。

「わたくしたちは、ワワークの所在を突き止めようと情報を集めていたら、この地下空間の話を聞いたの。それでちょぉーっとお邪魔させてもらいにやってきたというわけ」

ここがワワークと関係のある場所で間違いないらしい。

「ねー、ロジェ隊長」

ロジェは、ぷるぷる、と震えていた。

「こ、こ、殺されるかと、お、お、思った……ちょっとだけ、出た、殺気……怖かった……」

「いきなり俺の背後に現れるやつが悪い」

「やだぁ～ロラン様ったら、理・不・尽♡」

ディーが人差し指で俺の体をなぞる。

『二人とも無事で何よりである』

『シャドウ』が発するライラの声に、ロジェがシャキッと背を正した。

「ライリーラ様、首尾は上々です。この『シャドウ』を見るのもずいぶん懐かしく……」

『思い出に浸るのはあとにせよ』

「はッ」

ライラの分身だとでも思っているのか、ロジェが『シャドウ』を大事そうに抱きかかえた。

「ディー、何かわかったんだな?」

「ええ。はっきりとワワークだと聞いたわけではないけれどぉ、陽《ひ》の当たらない地下空間で、何か研究めいたことをしている人物がいるという話を耳にしたのよ」

術式言語と開発、陽の当たらない地下空間……それらからワワークを連想するのは、そう難しいことではないな。

おほん、と咳払《せきばら》いするロジェが説明を継いだ。

「話は、冒険者がよく集まる酒場で聞いたのだ。魔物を研究し、開発や改良などをしている者がいる、と」

「魔物を使役するスキル持ちの者からすれば、ありがたい研究だろうな」

『妾《わらわ》たちがわからないわけだ。既存種を改良したり新種を開発しているのであればな』

俺個人の見解とすれば、魔物使いの使役する魔物が強くなるのであれば、それはいいことだ。

今後その研究が何かに応用されるのであれば、技術進歩としてこの地下空間は見逃してもいい。

だが、ギルド職員としては、改良や開発をされた魔物が制御できなくなった場合の危険を考えると、看過できない。

現に改良種らしき魔物があの森をうろつき、人々を不安にさせている。

今後、被害が増えれば、余計な仕事も増えてしまう。

「潰すか。早急に」

巨大な地下空間にいる魔物の数は五体。

いずれも檻の中にいる。

すぐに片づけられるだろう。

「待て、ニンゲン。ワワークに繋《つな》がる情報が先だ」

「それなら、おまえが探しておいてくれ」

「むう、偉そうに。キャンディス、探すぞ」

「わたくし、ロラン様のお手伝いをするわぁ。手がかり探しはロジェ隊長お一人でどうぞ」

「こんのッ……！　死にぞこない吸血鬼が……！」

『妾がそこにおれば力になってやれるのだが……』

ディーが吸血槍を召喚し、戦闘準備を整える。

「ディー、行くぞ」

「はぁい♡」

手分けして、檻の魔物を倒していく。

具合が悪そうに丸くなっている獅子《しし》に似た魔獣や、眠っているカエル型の魔物。いずれも魔鎧《マギレガス》を発動させ、一撃で仕留めていく。

「うふふ……なぁんにもできない敵を、一方的に殺す……なんて愉快なのかしらぁ♪」

フォン、と槍を一回転させ、ディーが別の檻へ向かって突きを繰り出す。

断末魔の声を上げた魔物は、すぐに事切れた。

「ロジェ・サンドソング。手がかりは何かあったか？」

「今探しているところだ！　気が散る！　ワタシに話しかけるな！」

ロジェは、檻がある場所とは別の場所を探っている。机がいくつか並び、容器に入った薬品らしき液体がその上には並んでいる。

『やはり、ここはワワークの研究施設なのかもしれぬ』

「ライリーラ様、なぜわかるのですか？」

『机の上にある資料を見たところ……首輪と同じ術式言語で書かれておる』

「なるほど」

『資料は持ち帰れるか？　直に見てみたい』

「はッ」

檻にいた魔獣や魔物を倒した俺は、死体を調査していた。

いずれも、あの術式言語が体に刻印されており、首輪がしてあった。

森で目撃されたとされる魔物たちと特徴が一致している。

「ロラン様、こっちもよ。首輪と体にあの術式言語が」

俺が檻を破壊し、首輪を確認しようとしたとき、ふと、棘《とげ》トカゲがいないことを思い出した。

「ギェエエエエッ！　ギェエエエエッ！」

警告をするように、魔物の叫ぶ声が聞こえる。

あの棘トカゲか？

『ロジェ！　付近で何者かの魔力が増幅しておる！　すぐそこを離れよ！』

「離れ――え？」

ロジェの近辺から、凄《すさ》まじい勢いで魔力が吹き出した。

魔力の気配からしてあの棘トカゲのもので間違いないが――秘めていた魔力量は想像以上だ。

カッ、とその一帯が発光し、魔力の奔流に吹き飛ばされそうになる。

わぁぁぁぁあ!?　と子供みたいな悲鳴をロジェが上げていた。

「ぐえっ」

不意を突《つ》かれたらしいロジェが吹き飛ばされ、壁にぶつかった。ずるずると下に落ち、ケツを突き出したような四《よ》つん這《ば》いの状態で、壁にキスをしている。

『ロジェ――――――!?』

……まあ、あの程度、大丈夫だろう。

『シャドウ』がぺしぺし、と尻《しり》を叩《たた》いているが、気絶しているらしく反応はない。

魔力の突風と発光がおさまると、そこには巨大なドラゴンが出現していた。

「ギュォォォォォウウウウウッ！」

野太い咆哮を上げ、人一人ほどはありそうな棘がついた尻尾《しっぽ》で地面を叩く。

地震かと思うような揺れが起きた。

外見はそれほど棘トカゲの頃《ころ》と大差はないが、体がまるで違う。

鎧亀も、元々はあんなサイズではなく、巨大化することができたのなら話は通る。

「ろ、ロラン様……あれって……」

「トカゲがドラゴンに変わったな」

戦闘状態に入ると巨大化する――ということなのだろうか。

自重を支える四本の足は短く巨木のように太い。小さな翼があるが、あれだけで飛行できるとは思えない。魔法を使うか、魔力を使って浮力を得るんだろう。

グォオオォ……！　と唸り声を上げ、三白眼をギョロつかせて俺とディーを鋭く睨《にら》んだ。

「……来るぞ」

「ついてないわぁ。ドラゴンだなんてぇ」

立ち上がるように両前足を俺たちに向けて下ろしてくる。

俺とディーは別々の方向に回避をした。

直後、ドォオォン、という轟音《ごうおん》と激しい揺れで身動きが取れなくなった。

「ギォオオォ！」

尻尾を振り回し、こちらへ叩きつけてくる。

だが、凄まじい破壊力があっても、遅いものは遅い。

「当たらない攻撃に、意味はない」

造作もなくかわすと、ディーが吸血槍を気合いとともに前足へと刺突する。

がッと穂先が止まり、中ほどから吸血槍が折れてしまった。

「やだぁぁ……んもぉ」

ぽい、と捨てて、また新しい吸血槍を召喚する。

穂先が入らないほど、外皮はかなり硬いようだ。

魔鎧で攻撃しても、深く突き刺さらず、大したダメージにはならないようだった。

体格がまるで違う。俺たちの攻撃など羽虫の針に等しいだろう。

ここは地下で空間が限られている。その巨体ゆえに敵も動きづらいだろう。

「ロラン様、わたくしが引きつけるわぁ」

ディーが棘竜の視界の中を目立つように動く。

引きつけられた棘竜は、爪や牙《きば》、尻尾で攻撃をはじめた。

様子を観察していると、腹のあたりにあるあの術式がぼんやりと光っていることがわかる。

「……」

囮《おとり》役を買ってくれたディーの邪魔をしないように、密《ひそ》かに近づいた。

『影が薄い』スキル発動。

さらに接近し、棘竜の腹の真下までやってくる。

背面にある棘は、主に外敵から身を守るためのものであることが多い。

外皮が硬く吸血槍や魔鎧がろくに効かないのもうなずける。

……では棘も何もない腹側はどうだ？

ウロコがびっしり敷き詰められた腹の上に、術式が浮かび上がっていた。

魔鎧を再び発動させる。

「ここならどうだ」

左腕を突き出すと、棘竜のウロコを貫通し刺さった。

「ギュォォォォォォォオオオ⁉」

それを何度も繰り返す。すると、術式が光を失っていた。

「キォォォ……」

さっきのように鋭く発光した棘竜は、みるみるうちに小さくなり、元の棘トカゲの姿に戻っていた。

あの術式言語が、巨大化の引き金になっているのは間違いなさそうだ。

『貴様殿よー。檻《おり》の魔物たちの首輪が！　妾のそれとほとんど同じである！』

「そうか」

俺は手を上げて、こちらに手を振る『シャドウ』に了解の意を伝えた。

術式が暴走しないように、檻にいる間は、首輪をつけて力を抑制させていたのだろう。

『だが……どれも壊れておるな……』

俺も『シャドウ』がいる檻のほうへ向かった。

覗《のぞ》いてみると、どれもライラが言った通りだった。

「機能しない首輪をつけるバカはいないだろう。絶命を機に破壊される術式が組み込まれていたのかもしれない」

「なるほどぉ……それなら納得だわぁ」

ふっと吸血槍を消したディーも檻を覗いて、何度かうなずいた。

檻の魔物を殺しはじめたとき、棘トカゲはどこかに行っていた。

侵入を咎《とが》めるのであれば、そのときに棘竜になっていたはずだ。

「ワワークは、こんなところでこんな実験をして、何をしようとしてたのかしらぁ？」

頬に手をやってディーが首をかしげる。

それに応《こた》える声があった。

『ワワーク・セイヴ……』

「魔王の軍門に下った親純派に教えることは何もないよ」

俺たちがやってきたのとはまた別の通路から、血色の悪い男が現れた。

ライラがぽつりとこぼした。

こいつが噂《うわさ》の。

体調の悪そうな顔色だが、吸血鬼独特の品のようなものを纏《まと》っている。

「あらあらぁ。いたのならそうだと言ってくれればいいのにぃ」

「野蛮な侵入者が現れたら、身を潜めて一旦《いったん》様子を見るだろう？」

息絶えている棘トカゲに視線を下ろして、ワワークはため息をついた。

「上手くいってたんだが、可哀想《かわいそう》なことをする」

自分に危害を加える気はないと思ったのか、ワワークからはそれほど警戒心を感じない。

ここで何をしているのか、その詳細に興味がないわけではない。

だが、目的はそこじゃない。

「俺はロラン・アルガンという。この首輪を作ったのは、あんたで間違いないか？」

懐からライラの首輪を出してワワークに見せる。

「……あぁ、ずいぶんと懐かしいものを」

懐かしいおもちゃを見つけたように表情を明るくした。

「先日、壊れてしまったので、可能なら直してほしい」

「昔、魔界を出るときに売り払ったんだ。いい値がついたよ。これは習作でね」

「首輪をはめた相手は、魔力が反比例する？」

「ああ、そうだとも。よく知っているね」

楽しそうに話をするワワークは、一見して悪人ではないようだった。

興味が赴くままに、やりたいことをやる……そういう人物に見える。

首輪を手に取り、説明を続けた。

「主人の魔力を流すと、元に戻ったり猫の姿になったりする――そういう無駄なことをするのが好きな時期だったんだ。別に猫になろうが何だろうがよかったんだけれど。今はそんな無駄は省いて、ただの制御用の首輪だよ。外せない部分はそのまま残して、悪用されないように、対象が死んだ時点で壊れるようにしたんだ」

その完成品が、あの魔物たちにつけたものか。

「直せるか？」

「ちなみにこれは、誰《だれ》につけてたんだい？」

「魔王だ」

え？　と、真偽を確かめるかのように、俺を二度見する。

「魔王、というのは、ライリーラ・ディアキテプ？」

「そうだ」

声を上げたのは、ロジェだった。

首輪の件はまだ不服らしく、口元を歪《ゆが》めている。

「じゃあ、もしかして、君が魔王を倒したのかい？」

「倒したというよりは、この首輪をつけた、といったほうが正確だろう」

おぉぉ……、と感嘆の声を上げて、左手をぎゅっと握った。

「あの魔王を……よくぞ。片腕なのも、そのときに負った傷が原因なんだろう？」

「いや、違う」

「そうか……激戦だったろうに……」

むしろ、魔王戦はさほど苦戦してない。

どうやら、ワワークは思い込みが強く話を聞かないタイプらしい。

切なげな顔をして、右腕のあった場所を見つめている。

魔王を倒した俺を労うこの様子だと、反純血派というのは間違いないようだ。

「魔王は魔界では死んだとされている。一時期蘇《よみがえ》ったなんて噂もあったようだけれど。君のおかげだったんだね」

「……この首輪で、その魔王を封じていた。だからこれをもう一度使いたい」

「首輪がここにある、ということは……今、魔王は……？」

「ライリーラ様なら、ここから離れた町外れの家でのんびりしているわよぉ？」

「あの魔王が……？」

ライラが魔界でどんなイメージを持たれていたのか、この反応でなんとなく想像がついた。

「あの子たちにつけていた予備の首輪がある。それなら、死んだときに壊れる仕組みになっている。猫になるなんていう、無駄な効果もなくなる」

どうなんだ、と、俺は聞いていたであろう『シャドウ』に目をやった。

『ううむ……』

「ダメよねぇ、そんなのぉ。だってぇ、ライリーラ様は、ロラン様のおそばにいたいから首輪がほしいんじゃなくて、猫ちゃんになりたいから、あの首輪がいいんですものねぇ？」

『う、う、うむ……であるな！』

上ずったような口調だった。ディーはライラの反応に、口元を緩めている。

こいつ、わかっていてあえて言ったな？

『だ、だが。ど、どうしても、というのであれば、予備の首輪でも構わぬ！　一向に構わぬ！』

力強い主張だった。

「ここからあの魔王の声が……」

不思議そうにするワワークにロジェが答えた。

「これはライリーラ様が使われている『シャドウ』という魔法だ。離れた家から声を送っておられる」

「なるほど。……元の姿のままだと、魔界で生存を嗅《か》ぎつけた輩《やから》とひと悶着《もんちゃく》が起きるかもしれない、ということか」

まあ、すでに起きたがな。

と、俺は内心思いながらロジェを見る。

「軍部はどうかわからないけれど、いまだに市井での人気は高くて、求心力もある」

『そ、そうなのか？』

「ライリーラ様、さすがです」

すかさず主を持ち上げるロジェだった。

「それでぇ、本題よう。直るの？　直らないの？」

ディーが脱線した話を元に戻すと、もう一度ワワークは首輪を確認した。

「直すというより、もう一度同じ物を作ったほうが早いと思う。こちらのほうが、直すよりも時間がかからない。……といっても、猫になる術式を組んでいるせいで、製作期間は元々長いんだけれど」

ほぅ、と『シャドウ』が安心したかのようなため息をついた。

『よい。構わぬ。時間はどれくらいかかるのだ？』

「三か月」

長いな。

「そんなことよりも――」

ワワークは、ぽいと首輪を放って、俺の右肩を触る。筋肉のつき方を確認し、切断された部分を見る。

「もっと強くなれるはずだよ」

「……何をいきなり」

「『右腕』……ほしくないかい？」

即答できなかった。

俺はもう強くなくていい。

そのはずなのに。

「魔王を生かしたまま封じたんだ。右腕がないままなんて、もったいなさすぎる」

俺は不要である理屈を並べた。

「……今の仕事では、片腕あれば十分だ。提案には感謝するが……」

「そうかい？」

「ロラン様はわたくしが永遠にお世話をしていくから、右腕なんてなくてもいいのよぉ。なんなら、左腕がなくなっても……ねえ」

目が笑ってはいるが、それが余計に怖い。

両腕がないとさすがに仕事に支障をきたす。

『こやつの腕は、腐らぬように保存してある。そなたがそれをくっつけてくれるというのか？』

「ボクはねえ、そんなツマラナイことに興味はないよ」

ライラもできないそれを、ツマラナイ、か。

面白い男であることは確かなようだ。

「ただ、ボクならもっといい『右腕』を用意してあげられるってだけさ」

ワワークは、この地下空間で研究と実験、新技術の開発に没頭していると教えてくれた。

「魔物使いの冒険者たちにはすこぶる好評でね。高値で売れるんだ」

それはそうだろう。

制御ができる上に、有事の際には棘《とげ》トカゲが棘竜になったように、進化のようなことをさせられる。そうでないときは、棘トカゲのように、小さな状態にしておける。

その収入を元に、この地下空間を拡張し、今に至るようだった。

ワワークは、俺の質問には好意的に答えてくれた。

「トカゲが急にドラゴンになったが、あれは?」

「魔物本来の成長を爆発的に促進し、特徴を残し戦力を大幅に引き上げているんだ。無理やりに聞こえるかもしれないけれど、術式で潜在能力を一瞬で引き出している、と思ってほしい。それに耐えうる体に成長させてるんだ」

「任意で?」

「そう。首輪をつけたら主人の言いなりだけどね」

もっと非人道的な実験なのかと思ったが、そうではないらしい。

外に放っていたのは、そういう訓練らしかった。あの森は、これといった魔物や魔獣もおらず、安全なので訓練場としてちょうどよかったという。

「もう少し人里離れた場所にしてほしい。見かけない魔物が出現したと騒ぎになった。ギルド職員としての頼みだ」

「オーケー、わかった、そうしよう。騒ぎを起こすのは本意じゃないからね。せっかく育てた魔物たちがそのたびに討伐されちゃ、こっちとしてはそのほうが困る」

おどけたように、ワワークは肩をすくめた。

それから俺たちは、三か月後にまた来ることを伝えて、地下施設をあとにした。

教えられた通路を使い、歩き続け、階段を上ると、どこかの家の地下へと出た。

外に出ると、王都の外れにある一軒家だとわかった。

「ライリーラ様、よかったわねぇ」

『うむ。しばしの辛抱である』

辛抱か。抑制されるのだから普通は逆だがな。

『あの吸血鬼が妾《わらわ》たちに手を貸しておれば、また違ったであろうな』

「仰《おっしゃ》る通りです」

ライラとロジェがそんな会話をしている。

実際目の当たりにした棘トカゲの進化は凄《すさ》まじかった。それを促す術式を考案し、実用化させている能力も驚嘆に値する。


『「右腕」……ほしくないかい？』

まだ頭の中からそのセリフが離れなかった。


翌日、俺はアイリス支部長に事の顛末《てんまつ》を報告した。

「……魔物使い御用達の研究者がいるようでして。彼の魔物が散歩をしていたのをたまたま近隣住民が目撃してしまったようです」

一連の流れを報告書にもまとめておいた。

それに目を通しながら、ふむふむ、とアイリス支部長はうなずく。

「危険性は、ないのね？」

「はい。確認しました。普段は自作の特殊な首輪で、力を制御しているようです」

「そして、戦闘などになればその進化の術式で強くなる――と」

はい、と相槌《あいづち》を打つ。

「これって……かなりすごい技術なんじゃないの？」

「本人は、それを使って何かを成そうとするつもりはないようでした。悪用防止にも努めているそうなので、気が変わらなければ、術式を軍事転用することもないでしょう」

「そうなのね」

とんとん、と机の上で報告書を揃えて、引き出しへとしまった。

もし、戦争中にあの技術が確立されていたら、彼は喜んで技術提供をしたかもしれない。

「依頼人たちへのフォローもお願いね」

「承知しました。すでに、済ませてあります」

「あら、そう。相変わらず優秀で何より」

にこりとアイリス支部長は笑う。

「ところで……あなた、今日はお休みなのだけれど？」

「そうでしたか」

確認せずにいつもの癖で報告にやってきてしまった。

「でも……ようやくいつもの表情に戻ったわ」

「いつもの、表情……ですか？」

ええ、とアイリス支部長。

「バーデンハークでの最後の一か月くらいは、すごく張り詰めたような顔をしていたから」

俺の腕の件は、事故としてロジェが説明しているんだったな。

「教えては……くれないのよね？」

「誰かに教えるほどのことではありませんでしたから。ただの……親子喧嘩《おやこげんか》です」

親子喧嘩？　と首をかしげる支部長に、俺は背を向けた。

「あの――今日！」

呼びかけられて、俺は足を止め首だけで振り返った。

「はい？」

「遅いかもしれないけれど、帰国組で夕食を食べるの。あなたもいらっしゃい」

「はい。是非」

ふふふ、と笑われた。

「変わったわね」

「そういうつもりはないのですが……そうですか？」

ええそうよ、とアイリス支部長は言う。

閉館の時間にはここに戻ってくるようにとも付け加えた。

ギルドをあとにした俺は、リーナの孤児院へとやってきた。

最近顔を出していなかったので、近況を確認しておきたかった。

「ロラーン！」

到着した俺を真っ先に見つけたリーナが走ってやってくる。

「久しぶりだな」

メイリと同い年とは思えないほど、リーナは幼く見える。

魔法の才能にすべて吸収されてしまったかのようだった。

「ロラン、腕どうしたの？」

「なくなった」

「腕って、なくなるの？」

「そういうときもある」

へぇー、という顔で右腕のあった場所を見つめるリーナ。

手を繋《つな》いで、リーナが案内をしてくれる。

孤児院で預かる子たちは、以前よりも数が増えていた。

「アルちゃんが、大変って言ってた」

「そうだろうな」

「『母性のやり場を失くして困っている未亡人を雇わなきゃ』って」

かなり限定的な求人になりそうだな。

「こらー！」

噂《うわさ》をすれば、院長様の元気な声が聞こえる。

けたけたと笑いながら、子供たちが庭を駆け回っていた。

「アルメリア。元気そうだな」

「あ。ロラン。く、来るなら、ひと言言いなさいよ……。いつも急なんだから」

目をそらしながら、長い金髪を指で弄《もてあそ》ぶ。

「あんたのおかげで……元気よ」

「それなら何よりだ」

一度俺が目を覚ましてから見舞いに来てくれたことがあったが、そこでは主にランドルフ王と話していたので、アルメリアとはきちんと話さなかった。

「気にするな。腕がなくても、おまえには負けない」

「相変わらず自信満々ね」

「事実だろう」

「うぐ……」

後ろで男の子二人が、アルメリアにそっと忍びより、勢いよくスカートをめくり上げた。

「ふひゃあっ⁉」

わぁっと一斉に逃げ出した男の子二人を、アルメリアが「もう、許さない……！」と追いかけはじめた。

楽しそうで何よりだ。

リーナの話では、院長としての実務はほぼ子供たちの世話なのだという。

「数も増えて、いよいよ人手が必要になったか」

以前俺が提案した、孤児に教育を施す件、これを具体的に進めてもよさそうだ。

ランドルフ王からの送金も滞ることなく届き、孤児院の備品も食料にも困ることはないらしい。

「ロラン、リーナね……」

もじもじ、とリーナが膝《ひざ》をすり合わせている。

「どうした。トイレか」

「ち、ちがう！　リーナ……魔法を、教えて、みたい……」

意外な提案に、俺は思わず目を丸くした。

「ほう。面白いな」

「みんなに、すこーし教えたけど、上手《うま》くいかなくて……でも、使えたら、きっと楽しいから」

「自分の感覚を他人に伝えることは、非常に難しい。だが、自分にとってもいい経験になる」

わしわし、とリーナの頭を撫《な》でた。

「おまえのような、すごい魔法使いが現れるかもな」

「現れても、リーナ、負けない」

「ああ、その意気だ」

エイミーも、そうだっただろうか。

教える立場になって、はじめてわかる気持ちがある。

やはり俺はまだまだアルメリアに負けるとは思わないし、その姿も想像ができない。

アルメリアは、俺の負傷を自分のせいだと、どこかで思っている節がある。

あれは、アルメリアの、というより俺の戦いだった。

個人的な思いでエイミーを止めようとし、なりふり構わない戦い方で右腕を失った。俺はそれを悔いてはいない。

エイミーとの因縁を知っているなら引け目を感じる必要はないのだが、表面上では、アルメリアを守ったが故の負傷となっている。

罪悪感を覚えるのは、無理からぬことかもしれない。

「……右腕、か……」

そういう意味では、あったほうがいいのかもしれない。

うわぁぁぁぁん、と今度は別の子供たちが泣きはじめ、アルメリアが飛んでいった。

様子を見るに、子供同士の喧嘩《けんか》のようだった。

勇者でも王女でもなく、ここではただのお姉さんになっているアルメリア。

これはこれで、性に合っているのかもしれない。

アルメリアとリーナに別れの挨拶《あいさつ》をして、俺は孤児院をあとにした。

「貴様殿――今日は休みらしいな？」

家に帰ると、開口一番ライラが訊《き》いてきた。

ダイニングで口をへの字にしていて、その向かいの席にはミリアがいて、くすくすと笑っている。

「そうらしいな。アイリス支部長に言われて知ったが」

「ダメですよ～、ロランさん。ちゃんと出勤表は確認しなきゃ」

どうやら、ミリアも今日は休みらしくここへ遊びに来ているようだった。

ライラはミリアから聞いたんだな？

「妾はな、次の休みには王都に連れて行ってもらい買い物がしたかったのに……！」

「そんなことよりも、妾さん、ロランさんに言うことがあるでしょう？」

「む。そうだ。忘れておった。……おかえり」

何事かと構えたら損をした。

「ああ、ただいま」

「今日は、帰国組で飲み会ですから、お腹空《なかす》かせておかなくちゃです。あと少ししたらギルドへ向かいましょう」

「何だそれは？　酒が呑《の》めるのか？」

「はい～。支部長が奢《おご》ってくれるんです」

両手で頬杖《ほおづえ》をつくミリアは、嬉《うれ》しそうに足をぷらぷらとさせる。

「妾もゆく」

「ダメです。妾さんは関係ないんですから」

「夕飯を、妾一人で寂しく食せと⁉」

「はい。妾さん、実はロランさんを束縛しまくりなのでは？」

「そ、そのようなことはない！」

「そんなふうに、あれもダメ、これもダメ、かと思えばここに連れて行け……ロランさんに愛想尽かされても知りませんから」

うぐぐぐ、とライラが悔しげに顔をしかめている。

過去最強の魔王相手に、平凡な町娘がかなり優勢だった。

そろそろ行きましょー、とミリアが俺の手を引いて家を出ようとする。

「お疲れ様会なので、ぱぁーっと楽しく呑みましょう！」

「この妾がゆけぬとは……り、理不尽である！」

理不尽そのもののような存在が何を今さら。

「理不尽でも何でもないですから」

「なるべく早く戻る。待ってろ」

「う、うむ……。そうするがよい」

まだ納得のいかなそうなライラに見送られ、俺たちはギルドへと向かう。

何も食わずに待っていそうだから、何か買って早く帰ろうと思った。

5　隻腕の講師　前編

「なあ、ロラン頼むー！」

カウンターの向こうで、タウロが両手を合わせて俺を拝んでいる。

「断る。何度頼まれても同じだ」

「そう言うなってぇ」

な？　と拝んだ手の脇《わき》から顔を覗《のぞ》かせる。

丸顔髭面《ひげづら》の大男にそんな仕草をされても全然嬉しくない。どころか、むしろ逆効果だ。

「返事が全然ないから、わざわざ王都からラハティまで来たんだぞ？」

その手紙なら、今ごろどこかで燃やされているだろう。

読んですぐゴミ箱に捨てたからな。

「来てほしいと頼んだ覚えはない。わかったのなら、とっととそこをどくんだな。そこは冒険者の席だ」

「そんなつれないこと言うなってぇ」

何の話をしているのか、と他の職員たちが聞き耳を立てているのを感じる。

「講習を受ける分にはまだいい。俺はさほどキャリアのない平職員だからな。講師に学ぶことも多いだろう」

だが、今回このギルドマスターが持ってきた話は逆。

「おまえなら務まるって。講師」

「断る」

「だーかーらー。ちょっとくらい悩めよぉぉぉ」

「唾《つば》を飛ばすな。相変わらず声がデカい」

迷惑そうに俺は上体をそらしながらタウロと距離を取った。

冒険者試験官として俺がやっていることを、集まった各支部の試験官に話してほしいという。

実績を評価してくれたようだが、今回に限ってはありがた迷惑だ。

「片腕になって、むしろ風格が出てきたともっぱら評判なんだぞ？」

「他人がどう評価していようが、講師が務まるかどうかは別の話だ」

「うぐ……そうなんだが……」

勧誘の文句を考えるようにタウロが黙っていると、隣の席から聞き慣れたダミ声が聞こえてきた。

「あーっ。オレならぁ？　冒険者試験官、何年もやってたからぁー。実績、経験ともに十分過ぎるっていうかぁ？」

隣にいるモーリーがちらちら、とこちらを見ながら、聞こえよがしにデカい独り言を言う。

……ちょうどいい。

「俺の先輩にあたる彼なら、問題なくこなせるはずだ」

心にもないことを言うと、モーリーが目を輝かせながら期待の眼差《まなざ》しをタウロに送った。

「はぁ……おまえ以上の適任者は他にいないんだ、ロラン」

俺の提案はあっさり無視された。

何か他にアピールポイントはないのか、モーリー。

おほん、とわざとらしい咳払《せきばら》いをして、また独り言をしゃべりだした。

「アレを教えるのはマズイけど、まあ？　ＷＩＮ《ウィン》‐ＷＩＮ《ウィン》になるってーなら？　講師やってもいいかなぁー？　アレ教えるのは、ちょっとヤベェんだけどなー？」

たぶん、大したことではないのだろうが、コッらしき何かをチラつかせて興味を引く気か。

ビキッ、とタウロのこめかみに青筋が入った。

カウンターを叩《たた》くと、ドンと大きな音が事務室に響いた。

「静かにしてろ。今ロランと大事な話をしている」

逆効果だったらしい。

「…………させん」

小声で謝ったモーリーは、みるみるうちに小さくなっていった。

出しゃばりで目立ちたがり屋なモーリーからすると、絶好の仕事だっただろうに。

「おまえが断固として拒否するなら、オレだって奥の手があるんだぞ！」

「ほお。面白い。やってみろ」

「吠《ほ》え面《づら》をかくといい」

そう息巻いたタウロは席を立つと、カウンターの内側を通り、支部長室に入っていった。

「あいつ、まさか……」
二、三分ほどすると、アイリス支部長が出てきて、タウロが後ろに続いた。
「ロラン。手紙、返信してないんですって？　冒険協会からの手紙だったし、私、ちゃんと渡したわよね？」

後ろでタウロがグフフと笑っている。

こいつ……！　アイリス支部長に泣きついたのか。

ゆるく腕を組んでいるアイリス支部長は、やれやれと言いたげな表情をしている。

「はい。個人的な頼み事でしたので、返信するまでもないと判断しました」

「王都で冒険者試験について講師をすることが、個人的な頼み事？」

本当はあまり人前には立ちたくないだけだが、言いわけがそろそろ苦しくなってきた。

「あなた……陛下の頼み事なら、渋々って顔しつつ結局引き受けるのに、マスターの頼み事はすごーく嫌そうに拒否するのね？」

「はぁぁ？　陛下のは引き受けるのか、おまえ」

「結果的にそうなっただけだ。それに、立場が違うだろ」

「はい出た、ツンデレー。何だかんだ文句言いながらきちんと仕事してくれるヤツー。だったら、今回の件だって別にいいだろー？」

「ランドルフ王は、個人的にも親しいからだ」

「オレは⁉　親しいよな⁉　な？」

「そんなに俺に頼みたいなら、命令をすればいい」

「くうう……命令したら、なんか負けた気がする……永遠におまえを説得できないと自分で認めるみたいで……」

呆《あき》れたような顔で、アイリス支部長は、俺とタウロを交互に見ている。

「さっさと諦《あきら》めて、他の適任者を探すほうが建設的だと思うが」

「オレが一番偉いんだぞ！」

「俺はおまえの部下ではない。アイリス支部長の部下だ。普段顔も見ないような男に、偉ぶられても」

「んだと、こんのぉぉぉ！」

「――いい加減にしなさいっ！」

アイリス支部長が金切り声を上げた。

「ロラン、話を聞くに、最適任者はあなたよ。これも仕事の一環なんだから、行ってちょうだい」

じろり、とタウロを見ると、勝ち誇ったような顔をしていた。

「そうだぞ、ロラン。我がままを言うな」

「先に自分の都合を押しつけてきたのはおまえだろう」

「友達なのに、陛下だけ贔屓《ひいき》するからだ」

「してない」

「してますぅー」

「マスター！」

びくん、とタウロが肩をすくめた。

「はい……？」

「ロランに仕事を頼みたいのなら、私を経由してください。これでも、彼の上司ですから。王都にヘルプで派遣したときはそうだったのに、今回はどうしてこうなんですか？」

ちら、とタウロに目をやると、視線が合った。

目だけで、わかってるよ、と返事をされたような気がした。

「いや、すまんすまん。知っての通り、こういう間柄だからな」

ぐいっと無理やり肩を組んできた。

「おい、離せ」

「ロランが懐いてない猫みたいに嫌がってますけど……」

「ガハハハ。昔からこういう男だ。だから直接の頼み事もふたつ返事をしてくれると思ったんだが、フラれてしまってな」

それはそうだろう。

俺でなくてはならない理由はないが、『どちら』の仕事も上手《うま》くこなす、という条件であれば、最適任者は俺になる。

「マスター、次からはいつも通りでお願いします」

「ハッハッハ、わかってるわかってる」

「ロラン、お願いね。講師の件」

「……わかりました」

バシバシとタウロに遠慮なく背中を叩かれた。

「来週からだ。頼むぞ、ロラン」

「ああ、わかった」

帰るタウロを見送るためあとをついていくと、表ではなく、タウロはわざわざ人けのない裏口から出た。

誰《だれ》もいないところで、タウロがぽつりと口にした。

「冒険協会の膿《う》みというか、闇《やみ》の部分だ。あまり、その……」

「わかっている。アイリス支部長を巻き込むわけにはいかない、というおまえの気遣いは察している。直接連絡してくれてよかった」

「世話をかける」

「本当に悪いと思っているなら、他をあたってくれ」

「おまえ以上に頼りになる男を、オレは知らない」

苦笑して、俺は肩をすくめた。

「腕の件は、すまなかった」

「何だ、いきなり」

俺が右腕を失った責任を感じているらしかった。大規模クエストに俺を指名したのはタウロだった。

タウロが何も言わないので、俺は思っていることを伝えた。

「エイミー撃破の代償と考えれば、腕一本程度安すぎるくらいだ。元を言えば、おまえの情報のおかげでもある。それがなければ、アルメリアは暗殺されたかもしれない」

「わかった。これ以上はもう言わん。謝らんし、礼も言わん。……だがもし腕が治るのなら――」

「不要だ。今の仕事は、片腕で事足りる」

声もデカいしデリカシーもないタウロだが、情に厚いのは変わらないようだ。

「ロランの同居人の――」

「……」

「その彼女のために、別荘を用意しよう。この件が上手くいったら」

「気難しい女だ。気に入るかどうかはわからないぞ」

「ああ、いいさ。それで。『ついでに』ロランが気に入ればいいなとオレは思う」

じゃあな、とタウロは表に繋《つな》いでいた馬に乗って去っていった。

王都に到着すると、冒険協会本部に顔を出し指示された宿屋に向かい、部屋に荷物を置く。

講習まであと少し時間があるので、しばらくくつろぐことにした。

『妾《わらわ》も自ら行きたかったのだが』

と、ライラが出した『シャドウ』が言う。

「おまえを見慣れない王都の民が、魔王の魔力をどう受け止めるかわからない以上『シャドウ』を派遣するほうが無難だろう」

『そうであろうな……』

「早くできるといいな。首輪」

ライラは、王都での飲み食いを毎回楽しみにしている。

それができないのが残念なんだろう。

『あれからディーがワワークに進捗《しんちょく》を確認したようだが、やはりまだ時間がかかるそうだ』

特殊な一点物の道具は、そう簡単に出来上がらないらしい。

「魔力を制御するだけの首輪でいいなら、すぐだったんだがな」

『わ、妾は、デザインも含め、あの首輪を気に入っておる』

本心でそう思っているかどうかはよくわからないが、身につけるものにはこだわりがあるのかもしれない。

荷物から取り出した講習用にまとめた資料を確認する。

『真面目《まじめ》な男よな、そなたは』

「引き受けた以上は、全《まっと》うする。それだけだ」

『何だかんだ言っても、そういう姿勢が色んな人間に頼られる理由なのだろう』

くつくつ、とライラが笑う。

時間に遅れないように宿をあとにし、本部を目指す。

場所は、以前俺が試験官講習を受けたのと同じ場所だった。

早めに着いてしまったせいで、まだ室内はがらんとしている。

「……」

『どうかしたか？』

「いや、どうもしない」

足元の『シャドウ』が俺を見上げた。

『どうもしないわけではないであろう。あっちへウロウロ、こっちへウロウロ……まるで落ち着きがない』

「そうか？」

『……まさか……そなた、緊張しておるのか？』

「そんなわけないだろ」

資料を再度確認する。

『上下が逆だ』

「……」

教えられてようやくそれに気づいた。

「背中のあたりが、なぜかそわそわする」

『緊張しておるのだ』

「腹の底のあたりが、落ち着かない」

『緊張しておるのだ』

「人前で説明する仕事より、人を殺す仕事のほうが落ち着く」

『くふふ。とんだシリアルキラーだ』

「おかしい。エイミー戦でも、魔王戦でもこんなことには……」

『不慣れなことをしようとするから、平気だと思っておっても、内心プレッシャーを感じておるのかもしれぬ』

くすくす、とライラがまた笑う。

『そなたにも、このような弱点があったとはな』

「弱点ではない」

『そう強がるな。以前も、この講習会で前に出て何か解説をしていたと思うが……』

「あれは、講師に魔法陣について意見をしただけだ。集まった人たちに説明をしたわけではない」

『戦闘のほうが落ち着くようでは、そなたにはまだまだ「普通」は遠そうだな』

「おまえが『普通』を語るとはな」

がらり、と扉が開いて、一人の女性職員が中に入ってきた。

「あ。あなた――」

俺と目が合うと、覚えがあるのかこちらへ駆けよってきた。

彼女がちらりと袖《そで》しかない上着に目をやったので、俺は仕事中の事故だと言っておいた。出会う相手にいちいちこうして説明するのも骨が折れるな。

「前回、試験官講習会に出てましたよね？」

「はい、そうですが」

「わたしもそうなんです。今日もまた講習会に来てて。あのときはまだ新人って話だったのに……今はもう講師なんですね！」

フン、と足下で機嫌悪そうな鼻息が聞こえた。

「いいえ、そんな大層なことはしていませんから」

「そんなことないですよ！　今回の講習会の講師はみんな有名な魔法使いや、本部で出世した職員たちばかりなんですから」

そこに、俺が名を連ねているのか。

「以前、解説してくれた魔法も、すごくわかりやすくて……とっても参考になりました」

「それならよかったです」

笑顔を返すと、照れたように微笑《ほほえ》み、小さく頭を下げて最前列の席に座った。

『ビジネススマイル』

「何か言ったか？」

何でもない、とライラは言って教卓の下に座り込んだ。

『ああやって女子《おなご》を絡めとっておるのだな。悪い男だ』

「そんなつもりはない」

『つもりはなくてもだな——。妾は、今日、そなたから片時も離れぬからな』

「好きにしろ」

徐々に人が集まりはじめ、席が次第に埋まりはじめた。

やってきた男性職員が声を上げた。隻腕の件は聞いているらしく、とくにそれには触れなかった。

「あー。ロラン君か！」

「どうも、ご無沙汰《ぶさた》してます」

彼には覚えがある。王都の南支部へ派遣されたときに知り合った職員だ。

快活に笑う彼と握手を交わす。

「間違いなく出世するだろうなって思ったオレの目に、間違いはなかったらしい」

「たまたまそういう話がきて、断れなくなっただけですよ」

「たまたまとは言うが、そんな話、普通こねえから」

『普通』は、こない、だと……⁉

衝撃を受ける俺に、男性職員が補足してくれた。

「いや、いい意味でな、いい意味で」

いい意味なら……いいのか……？

素直に喜んでいいのか、よくわからなかった。

「キレ者職員の講習、楽しみにしてるよ」と言い、彼は空いている席に座った。

時間になり、俺は簡単な挨拶《あいさつ》からはじめた。

はじまるまで感じていた緊張とやらは、もうなくなっていた。

タウロには、普段俺の冒険者採用基準やその考えを話してくれと言われている。

ほとんどの人間がペンを握り、俺の話を聞いて何かのメモを取っていた。

「合格基準である魔力の基準値は一〇〇〇とされていますが、これはあくまでも基準値であり、絶対のものではありません。まるで届かなくても、それを補う何かがあれば、合格としています」

室内がざわついた。

「え。魔力の基準値は、超えてないと冒険者として使い物にならないんじゃ」

「最低も最低の基準だから、スキルが上手《うま》く使えないって話で……」

「私もそうだって聞いたけど……」

私語が飛び交う中、俺は構わず続けた。

「教わったその基準値というのは、誰《だれ》が考えたものなんでしょう」

問いかけるように話すと、答えに窮して誰もが口を閉ざした。

「あくまでも基準です。たしかに、スキルの使用時、わずかながら魔力を消費することもありますが、それも人によります」

ラビが二三〇〇だったのを例に挙げて、話を進めた。

「基準値を大きく下回った彼女のスキルは、防御特化型。職員のみなさんなら、この有用性が理解できるはずです」

うんうん、と大勢の職員が首を縦に振っている。首をかしげる者はほとんどいなかった。

「魔力の基準値だけでは判断できないという好例です。他には、人間性や、将来性、特異性を考慮した上で、合否は総合的に判断しています」

それぞれ、俺が合格にした冒険者たちを挙げ、結果的に今どうなっているのかを話していった。

「んな、細けぇことはいいんだよ」

最奥にいる職員が言うと、静かな室内によく響いた。

「将来性だとかそんなことよりもよぉ。オレを倒せるかどうかだ。それがオレの基準よ。それに納得いかねえなら余所《よそ》にいけってんだ」

「仰《おっしゃ》る通りです。合否は試験官に一任されます。それもまた合格基準です」

我が意を得たり、と男は満足げにうなずく。

だが、俺の話は終わっていない。

「ですが、それでは才能を見落としてしまう可能性があります。だからこうして、僭越《せんえつ》ながら講習をさせていただいているんです」

「実戦で力がなけりゃ、すぐ死んじまうのが冒険者だろうがぁぁぁ！」

「最初から強い人間はいません。向上心を持ち続け努力できる人間だけが強くなれます」

「そんな綺麗《きれい》事じゃあ試験官なんてできねぇんだよぉぉぉ。あんたがそうやって理屈振りかざしてんのは、テメェが腕無しで弱ぇからだろうが」

「そうですね。片腕ですから、大した力はありません」

俺が取り繕うと、足下から凄《すさ》まじい魔力の圧を感じた。

『あの男……許さぬ……！』

「落ち着け、阿呆《あほう》」

こん、とつま先で小さく『シャドウ』を小突いた。

「な、何、今の……⁉」

「講師のあの人からだ……」

ライラの魔力を感じたのか、みんなが青い顔でこちらを凝視している。

「僕は弱いですが――」

「だったら偉そうにしてんじゃねえ」

スキル発動。

一瞬にして最前から最奥に移動し、男の背後を取り親指で喉《のど》を押さえる。

「っ？」

「あなたの喉を潰《つぶ》して声を失わせることくらいはできますよ」

耳元でささやくと、周囲にいた職員たちが驚いて一斉に距離を取った。

「え？　消え、え。いつ――」

「意見があるなら、挙手をお願いします」

脂汗が肌から滲《にじ》んでいるのがわかる。それと小さく震えてもいた。

「わ、わ、悪かった……あ、謝るよ。だ、だから、離して、く、くれ……」

ご要望に応《こた》えて手を離すと、恐怖に染まった顔でこちらをゆっくりと振り返った。

「意見があるなら、挙手をお願いします。と、さっきから言っています。……返事」

「……は、はひ……」

「ご理解いただけて何よりです。――中断してすみません。続けましょう」


講習が終わり、ライラが酒場に行こうと言うので、本部の近くにあった酒場へとやってきた。

そろそろ夕方が終わり夜と言って差し支えのない時間に入る。

酒場は繁盛を見せ、冒険者や、仕事が終わったギルド本部の職員らしき者を何人も見かけた。

「感情的になると、『シャドウ』を通じておまえの魔力の圧が出てくるらしい。気をつけてくれ」

膝《ひざ》の上に座る『シャドウ』が両手でグラスを持ち、ぐいっと中の酒を呑《の》んだ。

『フン。侮辱されても、そなたは何とも思わぬのか』

あくまでも呑んでいるのは『シャドウ』なので、呑んだ気はしないだろうが、呑みたい気分だったらしい。

俺は片手でちびりと呑みながら答える。

「片腕のことでとやかく言うやつは、腕がないから弱い、という固定観念に縛られている。俺が、片腕が視えなくなるスキルや魔法を使っていたとして、もしそいつと戦闘になれば確実に虚を衝ける。侮ったことを死んでから後悔することになるだろう」

もし俺が隻腕の敵と対峙《たいじ》すれば、なぜ一本しかないのか真っ先に考え警戒する。本当にないだけならいいが、視覚的に見えないだけなら、やりにくくて仕方ない。

『そうかもしれぬが――そぉーいう実戦的な話ではなくてだ！』

あのあとから、ずっとライラはこんな具合にぷりぷりと怒っている。

『そなたの、名誉の話だ……。妾《わらわ》は、それを汚す輩《やから》を許さぬ』

「汚されるほどの名誉がないからな」

『なぜそう自己評価が低いのか』

今度はツマミをつまんでむしゃむしゃと食べはじめた。

『ワワークが言っておったな。あれはどうするのだ？』

「右腕のことか。いならないで構わない。せっかく慣れてきたところでもある」

『適応能力の高さは驚嘆に値する……が、妾はやはり……二本の腕でぎゅっと……』

「ぎゅっと……何だ？」

膝の上で『シャドウ』がもじもじしている。

「あの！　さっき講師をされていたアルガンさんですよね」

隣いいですか？　と若い女性職員が訊《き》いてくるので、俺はうなずいた。

『む？』

空席なのだから、気を使わず座ればいいものを。

「よかったぁ。おひとりですか？」

「ええ。講習を受けられた方ですか？」

「はい、そうです。さっきの話は――」

熱心な職員のようで、隣にやってきた彼女は細かく俺の冒険者試験のことで尋ねてきた。

仕事に真剣に取り組めるというのは、いいことだ。

俺もその姿勢は見習うべきだろう。

しばらく彼女と話をし、夜も更《ふ》けはじめたので店を出ることにした。

「あ、あの……。お時間よろしかったら、もう一軒どうでしょう？　静かなお店、知ってるんです」

「すみません。今日はこのへんで失礼します。お誘いありがとうございました」

小さく一礼して、俺はその場をあとにした。

『むむむむむ。やはり、顔か……!?　それとも眼鏡《めがね》か……？　片腕でも、逆にそれがミステリアスな魅力を引き立ててしまっておる……！　みぃはぁなオンナめ……！』

ちらりと振り返った先では、さっきの女性職員が手を振っていた。

「魅力がどうではなく、ただ単に目立つんだろう。印象にも残りやすい」

『そうであろうか』

と、ライラは懐疑的だった。

その点では、もう暗殺者としては失格だろう。風貌《ふうぼう》が印象的では、仕事にならない。

「さっき、何か言いかけたな。ぎゅっとがどうとか」

『……わ、忘れた』

「じゃあ思い出したら教えてくれ」

『シャドウ』を肩に乗せ、王都の町を歩く。

『エイミーはまだ起きぬようだ。そなたはどうしたい？』

「わからない。もうスキルが使えないのであれば、脅威ではなくなるが、エイミーの暗殺者としての技能は、スキルや魔法頼みではない。野放しにするにしても、一抹の不安は残る」

『では、寝ている間に殺しておくか？』

「……」

『冗談だ。殺させはせぬ。そなたにその提案を否定してほしかっただけだ』

どこかほっとしている俺がいる。

エイミーの戦力を低下させる戦闘プランでは、俺は死んでいるはずだった。

そのせいだろう。

想定していない状況に、俺はまだあの人をどうしたいか判じかねている。

「起きたら、話をさせてほしい」

『無論、真っ先にそなたに教えるつもりである。安心せよ』

「ああ、頼む」

『妾も、エイミーには礼を言わねばならぬからな』

「礼？　どうして」

『あの女がおらねば、妾とそなたは出会うこともなかった』

ちらっとこちらを見ると、すぐに俺の死角に逃げた。

「クサイことを言うようになったな」

『よ、酔っ払っておるのだ』

呑んだのは『シャドウ』だろう？

そう思ったが口にはしないまま俺は小さく肩をすくめた。

『これからどうするつもりなのだ？』

「宿に帰って、明後日《あさって》の講習の準備を……」

『そうではない。丸顔の虎男から頼み事をされたのだろう？』

タウロのことを言っているらしい。

「その件か」

簡単に言うと、冒険協会内部では、冒険者上がりのタウロがマスターであることを良しとしない者がいるそうだ。

『つまらぬクーデターだ』

「どの組織にも起こり得ることだろう」

ウェルガー商会でも、本来のマスターは謀略でその地位を追い落とされてしまった。

だが、事はそれほど単純ではない。

周囲に誰《だれ》の気配もないのを確認して、俺は話を続けた。

「タウロをマスターにしたのはランドルフ王だ。タウロは当時Sランク冒険者で、戦争時に活躍した。その功績で当時諸侯は納得したというが、戦後の高揚感もなくなった今では、反マスター派の貴族が増えはじめているという」

『己が力を行使する才能と、権力を操る才能は、まるで別であるからな』

魔王が言うと、説得力が違うな。

「さて。冒険協会では今どういう構図になっていると思う?」

『半ば代理戦争といったところか。国王が推したマスターと、それが気に入らない貴族たち。虎男を追い落とせば、王の顔は潰れ、冒険協会は完全に貴族のものとなる――』

「その通りだ」

タウロにマスターが変わり、冒険者への報酬基準額が上がったそうだ。

上がった額は本来冒険者がもらうべき報酬であり、強引に引き上げたわけではない、と手紙には書いてあった。

では、もらえたはずの金はそれまでどこに流れていたのか――そんなこと、考えるまでもない。

それをランドルフ王も憂慮していたからこそ、当時唯一のSランク冒険者だったタウロにマスターを任せたのだろう。

『冒険者と冒険者ギルドのシステムというのは、よくできておる。それが衰退してしまうのであれば、有能な人材は他国に流れることになるであろう』

「そうなっては、職員も数を減らさざるを得なくなる。せっかく採用してもらった仕事でもある。貴族が甘い蜜《みつ》をするせいで辞めるはめになるのは癪《しゃく》だ」

『その手の輩は、跳ね返りの有能な人材ほど先に切りたがるからのう』

「となれば、下っ端の俺よりも、アイリス支部長やミリアが――」

『なぜここまで自己評価が低いのか……貴様殿のことを言ったのだが、まあいい』

月が高く昇った王都の繁華街はまだ騒々しく、店の前を通るたびに楽しげな大声が聞こえてくる。

『そなたがどうにかするのか？』

「おまえも言っただろう。自分の力を行使するのと権力を行使するのとでは、まるで別の才能が求められると」

うむ？　と俺の言いたいことが見えない『シャドウ』は小さく首をかしげた。

「権謀術数に長《た》けたちょうどいいやつを知っている」

『ほう。そなたにもそのような知り合いが』

「暇を持て余しているらしい。受けてくれるかはわからないが……あいつがタウロのブレーンとなれば、俺も安心できる」

『そなたにそこまで言わせる、権謀術数に長けた者……ま……まさか……!?』

ぐいぐい、と『シャドウ』が俺を引っ張った。

『な、ならぬぞ！』

「？」

『ひ、暇をしておるように、そなたの目には映るかもしれぬ……だが、わ、妾には、そ、そなたの帰りを待つという、大事な仕事がっ』

「おまえじゃない。セラフィンのことだ」

『………』

俺が小さく笑うと、げしげし、と『シャドウが』俺の首を蹴《け》った。

『わっ、妾を謀《たばか》りおったな！』

「おまえが勝手に勘違いしただけだ」

『妾に恥をかかせおって！』

「ずいぶんな言いがかりだな」

明日あたりにでも王城に行ってみよう。


翌朝、俺はセラフィンがいるとされる王城へ向かった。

王城でランドルフ王に軽く挨拶《あいさつ》をしようと思ったが、外出中らしく私室にはいなかった。アルメリアは、孤児院のほうにいるとのことだった。

『王城の酒蔵を己が部屋としておるのか……』

「酒蔵というか、酒の保存庫だな。そこの酒が呑み放題なのは、魔王撃破の報酬だそうだ」

『ううむ……とはいえ、限度があるであろう、限度が……』

俺もそう思う。

勇者パーティ……俺、アルメリア、リーナ、エルヴィ、セラフィン——。この中だとネジが飛んでいると思われがちなのは俺だが、実際一番ヤバいのはセラフィンだ。

『どのような人物なのだ？』

俺を王の友人として知っている王城の使用人たちは、見かけたそばから立ち止まり、小さく一礼をする。

「セラフィンは……一番クセのある人物と言っていいだろう。アルメリアは猪突猛進、リーナは純真で天然、エルヴィは馬鹿真面目《まじめ》。セラフィンは……慇懃《いんぎん》無礼」

『全然褒めてないが……とりあえず失礼なのだな』

「頭もいい」

まあ、会ってみればわかる。そう言って、俺は王城の地下へと降りていき、保存庫を見つけた。

入口の扉に「セラフィン・マリアードの部屋♡」とも書いてある。

『貴様殿、わかるぞ、妾《か》にも。ヤバいやつだというのが……！』

そのヤバさの一端を嗅ぎ取ったライラは、警戒心を高めているようだった。

ここに終戦してからずっとこもっているらしいので、ランドルフ王はセラフィンには内緒で密《ひそ》かに保存庫を別に作ろうとしているという。

ノックもせずに中に入ると、樽《たる》に頭を突っ込んでいる女がいた。修道服から脚が覗《のぞ》いている。

「おい、セラフィン。生きてるか？」

のっそりとした仕草で樽から頭を出した。セラフィンで間違いはないが、顔色が悪い。

「あー、ロランさん……わたくしに会いに来てくれたのですね～」

「久しぶりだな。おまえに頼み事があるんだ」

「腕はどうされたのですか？」

「なくなった。風通しがよくなっただろ？」

「うふふ～。冗談が上手に……うぷ……」

『貴様殿、危険な香りがする……！　距離を十分とっておいたほうが……』

ぐいぐい、と『シャドウ』が服を引っ張った。

「お手紙も返信してくれませんし、どうしちゃったのかと、わたくし……」

「どうもしない。質問をして、その回答をしてくれた。やりとりは、それでおしまいだろ」

「アルメリアさんではなく、行き遅れたわたくしをもらってくれるお手紙かと期待しましたのに」

「残念だったたな」

ここでずっと呑《の》み散らかしているようで、空のボトルがいくつも転がっている。蓋《ふた》の開いた酒樽《さかだる》は両手では数えきれない。

「王城のお酒が思った以上に美味《おい》しくて……ここから抜け出せないんです……」

「そんなもの、おまえの意思ひとつだろう」

えぐ、うぷ、えぐ、うぷ、と涙をちょちょ切らせながらえずきはじめた。

セラフィンのことを訊《き》いたときに、アルメリアが言っていたな……。

『セラは今や保存庫の魔物と化しているから、自分から出てくるまで待ったほうがいいわよ？』

待ちたいところだが、そうも言っていられない。

「セラフィン、おまえの力が必要だ」

「ロランさん……ついにわたくしの母性と魅力に気づいて……」

「違う、仕事の話だ」

「えぇぇぇ、仕事ですかぁぁぁ」

落ちていたグラスを拾って、樽の酒を汲《く》み、それを背にして飲みはじめた。

目がとろんとしていて、心なしか右に左に体が揺れている。

『嫁の貰《もら》い手がいないのも納得である……』

ぼそっとライラがつぶやいた。

「あれ、今の声……魔王の……その魔法で作られた人形から……」

鋭い。

酔っ払いの視線から逃げるようにライラは俺の後ろに隠れた。

「そんなことはどうでもいい」

「ロランさんが死体も残さずに死んだなんて信じられませんでした。後々になって無事だったとアルメリアさん伝いで伺ったんですが……。首輪のことをお手紙で訊かれて、それまで疑問だったことと、今の声で点が線になって、ははぁーんと気づいてしまいました」

「だったらどうする?」

「ロランさんがいれば世界は平和ですから、問題ありませんよ」

にこり、と笑顔を浮かべた。

「俺はおまえの折衝手腕を買っている。孤立しがちだった俺たち勇者パーティと各軍団を上手《うま》く連携させられたのは、おまえの対外折衝能力が高いからだと思っている」

「えへへへ」

俺がその役を買って出てもよかったが、どこにも角を立てずに納得させる、というのは、俺にとってはかなり難しいことだった。

どこの馬の骨ともわからない男にあれこれ言われても、軍団長たちは納得してくれないし、反発も大きかったはずだ。

「結婚してもいいってことですか？」

「違う」

「やっぱり、アルメリアさんやエルヴィさんたちに比べて一〇歳ほど年を食っているから――!?

リーナさんに至っては三倍近く……」

「そうじゃない」

と、否定するが、よよよよと泣き崩れてしまった。

『……クセしかないではないか。こやつ、ヤバい上に面倒くさいのでは……!?』

さすがのライラもやや引いていた。

それからは、何度言っても堂々巡り。

力を貸してくれと言うと、結婚の話だと思い込むし、それを否定すると、年齢がどうだと涙を見せる。そのうえで、俺をちらりと観察する。なんとも打算的な女だ。

「仕方ない。あれを使おう」

準備のため、俺は『シャドウ』に手伝ってもらいながら、別の保存庫から水の入った大樽を転がして運んできた。

『これをどうする気だ？』

「まあ、見ていろ。――『リアルナイトメア』」

『おお、妾《わらわ》がずいぶん前に教えた魔法』

魔法をセラフィンに使った。酔っ払い状態では、使い物にならん。

「――セラフィン、これが新しく開発された、呑んでも呑んでも気分が悪くならないとされる伝説の美酒だ」

「そうなんですか？　ロランさん、ありがとうございます。……わたくし、わかっていました。ロランさんは、こんな酔っ払いの行き遅れ女でも見捨てない、と」

胸の前で手を組んで神妙な顔で俺を見つめる。

「見てくれや年齢ではない。重要なのは、中身だ」

「ですよね……！　ロランさんは、わかっています……！」

そうだ。中身だ。

アルコール漬けの体内をまずはどうにかしてくれ。

「伝説の美酒……いい香りです……」

すううう、と鼻から息を吸い込むと、樽の蓋を剥《は》がすと思いきや、

「ヌン！」

拳《こぶし》で叩《たた》き割った。

『な、なんとも豪快であるな……』

「セラフィン、おまえのために用意したものだ。俺は上にいる。全部飲んだら教えてくれ」

「わかりました！」

セラフィンは、俺たちがいるのも忘れて水に夢中になりはじめた。

保存庫を出ていき、王城内にある適当な客室を使わせてもらうことにした。

「全部飲んで、体内の水分を循環させれば、今よりはまともになるだろう」

『貴様殿よ、妾を見破った件……もしやカマをかけられたのではないか？』

「……」

『戦争中、ニンゲンの前に姿を現すことはあったが、声を聞かせる機会はなかったように思う』

思わず舌打ちをしてしまった。

「あの女……」

『そなたが力量を認めるのも納得であるな』

どこかで俺のことを疑っていたのかもしれない。首輪を預かったとき「魔王相手にはちょうどいいな」と言ったことがある。そうだとすれば、よく覚えているものだ。

首輪のことを俺が尋ねたせいで、もしやと思ったのだろう。魔王復活の噂《うわさ》は、タウロも知っていたことだ。

『そなたが出し抜かれるなど滅多にない。なかなかの見物であったぞ？』

くつくつ、とライラは楽しげに笑った。

6　隻腕の講師　後編

俺の知っているセラフィンに戻るまで、二日を要した。

その間俺は、最後の講習を終え、あとは町へ帰るだけとなっていた。

「ロランさん、ようやく飲み終わりました」

王城の客室で、俺が来ていることを知ったアルメリアとお茶をしていると、セラフィンがやってきた。

「セラが……お酒臭くない……⁉」

「アルメリアさん、レディに向かって失礼ですよ？」

うふふ、と元通りになったセラフィンは笑う。

「ロラン、あんた一体何をしたのよ。セラは、あのまま王城地下に住む魔物になるんだと思っていたわ」

「おまえにしたのと同じことだ」

「私？　も、もしかして――き、き、キスっ⁉」

「は？」

テーブルを囲むように椅子に座る俺とアルメリア。そこまでセラフィンがやってくる。

「すぐそうやって色恋沙汰《ざた》にしようとするなんて、アルメリアさんは相変わらずですね」

血色もずいぶんとよくなっていた。

自分の体重の三倍以上もある水を飲み続けたのだ。もう体内にアルコールは残っていないだろう。

世間話を軽くして、アルメリアに別れを告げた俺とセラフィンは、客室をあとにした。

俺と魔王の関係を、セラフィンは勘づいたようだが、覚えているだろうか。

あのときは、かなり酩酊《めいてい》状態だった。

それが気がかりな『シャドウ』は、警戒するように距離をとって後ろをついてきている。

俺のそばにいると、確信に至るヒントをまた与えてしまうと思ったんだろう。

強《したた》かで鋭いセラフィンのことだ。

あのときのことを訊かないほうがいいかもしれない。藪蛇になるようなことは避けたい。

「どこへ行くんですか？」

「タウロのところだ」

「タウロさん？　あの冒険者の？」

「今は冒険者ではなく、冒険協会の会長……いわゆるギルドマスターというやつだ」

「そうだったんですか」

あっけらかんとした口調でセラフィンは言った。

いつからあそこにいたのかと訊くと、終戦後からほぼずっとらしい。

「セラフィンに頼みたいのは、タウロのサポートだ」

「はあ……サポート、ですか?」

ギルド本部までの道すがら、俺は冒険者ギルド上層部とそのマスターの関係性をセラフィンに教えた。

「そんなことが……。というより、ロランさん?」

「何だ?」

「今では一介のギルド職員なんですよね? ……そのロランさんが、どうしてこんなことまでタウロさんのお世話をしないといけないんでしょう?」

至極もっともな意見だった。

「タウロは、その手のことに気が利かない。叩き上げの冒険者だからな。タウロがその座を奪われることになれば、貴族がいいように冒険者ギルドを利用する。すると、不正や忖度《そんたく》、賄賂《わいろ》が横行する不公平な組織となってしまうだろう。そうなれば……あとはわかるだろう?」

「依頼人たちにも不満が出るはずですから、頼むことは減ってしまう……」

「ああ。そうなると、上のご機嫌窺《うかが》いの部下しか残らない。意に沿わない職員は辞めさせられてしまうだろう」

ううん、とセラフィンは首をひねった。

「貴族の顔色窺いは、ロランさん、得意だと思うんですが」

「得意、好き、苦にならない、これらは別のものだ」

それもそうですね、とセラフィン。

「それで暇な行き遅れ処女神官であるわたくしに白羽の矢を立てた、と」

「そういうことだ」

「自虐を一切否定せずスルーするなんて、さすがロランさんです」

そういう褒められ方をしたのははじめてだった。


ギルド本部に到着すると、タウロの部屋までやってきた。

「わたくしにできるでしょうか」

「おまえなら問題ないはずだ」

「ロランさんがそうおっしゃるのなら」

にこりと笑顔を覗《のぞ》かせるセラフィン。

扉をノックすると中から「入ってくれ」とタウロの声がした。

室内に入ると、小難しい顔で書類を睨《にら》むタウロがいた。

「どうした、似合わない顔をして」

「オレだってこんな顔はしたくもない。が、これから本部役員会議があってな……」

ん、と顔を上げたタウロがようやくセラフィンに気づいた。

「こんにちは、タウロさん」

「守護聖女様が、どうしてここに？」

戦時中はそんな呼ばれ方もしていたな、と少し懐かしくなった。

俺とセラフィンは、ローテーブルを挟んだソファに座った。

「俺は、下っ端の職員だ。貴族連中に何かを言ったとしてもロクに取り合ってくれないだろうし、折衝は適役ではない。セラフィンなら、上手《うま》くやってくれるだろう」

「おぉぉ……。なんとも心強い」

書類を置いて立ち上がったタウロが、向かいのソファにやってくる。

「なかなかのキレ者だ。頭の回転も速い」

「もう……照れます」

「ロランにそこまで言わせるとは」

「ロランさん、結婚してくれってことですか？」

いつの間にか、窓の外にいた『シャドウ』がじぃいいいいいと俺を注視している。

「セラフィン、褒めるイコール結婚という図式をまずどうにかしろ」

タウロがセラフィンをちらっと見て、目をそらす。

当時から俺は勇者パーティの一員として行動をしていたので、彼女たちの容姿について何とも思わないが、やはりその美貌《びぼう》は群を抜いているらしく、いずれも人気が高い。幼すぎるからリーナは省く。

タウロがドギマギしているのも、納得だった。

見目麗しくとも、ミリアやアイリス支部長あたりがちょうどいいのかもしれない。

「その会議とやらで、試しに使ってみないか？」

「いいだろう。だが、次回でも構わんぞ？　会議はすぐはじまる」

俺がセラフィンに視線をやると、小さく微笑した。

「資料か何かがあれば、把握できると思います。それと、タウロさんがそれを踏まえてどうしたいのかも教えてください」

「よし、わかった」

会議の資料をローテーブルに広げ、タウロが自分の考えを話す。タウロを降ろそうとしている貴族側の主張がおそらくこうくるだろう、という予想込みで、簡単に打ち合わせをしていく。

議題は、先日の大規模クエスト――バーデンハーク公国にギルドを設置したことによる嵩《かさ》んでしまった経費についてだった。

話を聞いていて、こう言われたら俺ならこう反論する、というのはあるが、俺が言っても効果はない上に、場を乱す結果になりかねないので、会議には出ないほうがいいだろう。

セラフィンの働きぶりは気になるので、『シャドウ』を出して一部始終を見守らせてもらうことにした。

時間になり、職員一人がタウロを呼びに来た。

会議用の資料を手にして、タウロとセラフィンは部屋を出ていく。

発動させた『シャドウ』にこっそりとあとを追わせ、会議室に忍び込んだ。視界と聴覚を同期させた。

役員とされる貴族数名とタウロが席に着き、空席にセラフィンが座った。

進行役の職員が、不思議そうにセラフィンを見ると、察したタウロが口を開けた。

「彼女は、知っているとは思うが、セラフィン・マリアードさんだ。これから私のサポートをしてもらうことになった」

紹介すると、セラフィンが小さく頭を下げる。

向かいの役員たちは露骨に嫌そうな顔をした。

「マスター殿は、勇者パーティの威光を盾に取らねば物が言えぬらしい」

嘲笑《ちょうしょう》を向けられるが、タウロは陽気に笑った。

「そうなのだ。学のない冒険者上がりゆえ、みなに迷惑をかけていたが、これからそのようなことはなくなるので、安心してもらいたい」

本音をぶつけ合わない会話は、俺は苦手だ。タウロはずいぶんこの貴族たちに詰《なじ》られてきたんだろう。似合わない作り笑いがいい証拠だ。

会議は早速本題に入った。

「バーデンにギルドを創設……それは構いませぬが……かかった経費をいかに回収するおつもりで？」

バーデンハーク公国の女王レイテたっての希望で引き受けたが、資料によると、創設費用はこちらが大部分を負担したそうだ。

バーデンハーク公国は、先行投資できるような資金はそもそもなかったので致し方ないが、貴族の疑問ももっともなものだった。

「それについては、こちらの資料をご覧いただこう」

全員に資料を回したタウロが、それについて説明をする。

「費用回収は長い目で見る必要がある。だが、その頃《ころ》にはバーデンハーク公国は復興を果たし、両国を強く結びつけてくれる――」

はぁ、とこれ見よがしに貴族の一人がため息をつき、小馬鹿にしたように、隣近所と目を合わせた。

「費用回収の話をしているのであって、国同士の友好関係について論じているわけではないのですよ」

想定していない反論だったのか、うぐ、とタウロがわかりやすくひるんだ。

顔に出やすいのは、こいつの欠点だな。

「論点はズレてないですよ？　みなさんこそ、資料をよくご覧ください」

セラフィンが助け船を出すと、数枚の資料を見た貴族たちが首をかしげた。

「冒険者ギルドは、必要な組織だからこそ設立されたんです。領主や警備の騎士に依頼するよりも手軽で小回りが非常に利きます。人も物資も足りない現状で、冒険者という存在は非常に重宝されることでしょう」

「……だからどうしたと言うのだ」

「復興する際に必要なのは物資の数々です。バーデンハーク公国は、その物資をどこから持ってくるのでしょう」

ふうん。いいところを突《つ》く。俺も同じことを言っただろう。

「……」

今度は貴族たちが黙る番だった。

「物資は、近隣国のフェリンド王国からも輸入するのです」

様々な物資を商人たちがフェリンド王国で買い付け、金を落としていく。

「そうなれば、経費回収程度の細かい話ではなくなります」

畳みかけるように、話を大きくしたな。そのタイミングも上手い。

「物資の輸送、護衛は、冒険者ギルドのクエストによくあるものです。……ですよね？」

「あ、ああ、そうだ」

慌ててタウロが肯定する。

「冒険者ギルドも、その手のクエストが常に舞い込み、大忙しとなるでしょう。数が増えれば、利益が増えるのは道理です」

押し黙った貴族たちを見て、してやったりといった顔をしているセラフィンが、今にも忍び笑いを漏らしそうだった。

「足下ではなく、大局を見てご意見くださいね？　……ぷぷ」

これが決定打となり、会議はスムーズに進んだ。

会議が終わり、『シャドウ』を消して待っていると、セラフィンとタウロが部屋に戻ってきた。

「なかなか痛快だったぞ、ロラン」

「おまえがもっと賢ければ、誰《だれ》も苦労しないで済んだんだがな」

「何だ、聞いていたのか？」

「ちょっとした魔法でな」

何もかもを器用にやれ、というのは、酷な話なのかもしれない。

隣にやってきたセラフィンに言った。

「やはり、おまえに任せて正解だった」

「そうですか？」

「ああ。俺が言っていれば、角が立つようなことでも、おまえなら黙らすことができる。あの手の輩《やから》は、発言者の足下を見るものだからな」

「『ああいう場で重要なのは、何を言うかではなく誰が言うかだ』……ですか？」

「？　ああ、そうだ」

「ロランさんが教えてくれたことですよ。『相手を納得させるために、ブラフも有効だ』とも」

さっぱり覚えがない。

「『たいがいの者は、木を見て森を見ない。細かい指摘をかわせたら、話を大きくしろ。それだけで相手は混乱する』——わたくし、よく覚えているでしょう？」

「俺が？　言ったのか？」

「はい。自分は適任ではないから、と、わたくしにみっちりと交渉や会議のイロハを叩《たた》きこんだんです」

「そうだったか」

あまり覚えはないが、そう言われると、そうだった気もしてくる。

「アルメリアさんは国を背負っていますし、エルヴィさんは他国のご令嬢で、リーナさんは幼すぎます。中立的な神官というのも、役目としてちょうどよかったんでしょう」

「なんだ……結局ロランが仕込んだことでどうにかしてしまったのか」

「そういうことです、タウロさん」

ふふふ、とセラフィンは笑った。

あの様子なら、タウロの相談役も十分こなしてくれるだろう。アルメリアをはじめとした王家とも繋《つな》がりがあるし、いい潤滑油になってくれるはずだ。

◆？？？◆

「……勇者パーティだからといって、大きな顔をされては敵わんな」

会議後、ゴウルン卿《きょう》は、役員の貴族たちと一緒に邸宅で酒を呑《の》んでいた。

手を鳴らせばまだ一〇代半ばの使用人が楚々《そそ》とやってきて、用件を聞き、また酒と肴《さかな》を運んでくる。

「タウロを降ろすことができれば、我らも自由にやりたいことができるというのに、あれでは……」

一人が嘆くように首を振った。

四家に初代の役員はもうおらず、いずれも次期当主、次期当主へと役員の座は世襲されていった。

この家のことは、ゴウルン卿が当主となってからのことしかわからない。

だが、冒険者ギルドのおかげでこの家はすさまじく潤っていた。

それも、タウロがマスターとなるまでの話だ。

余剰分とタウロに判断された金は、現場で仕事をする冒険者へ還元されることになってしまった。

「セラフィン様は、勇者パーティでは顔役だったと聞きます。あの手のやりとりには慣れていらっしゃるのでしょう」

ゴウルン卿の発言に、他の三人は面白くなさそうに鼻息を吐いた。

「やり込められてしまったのが気に食わん……」

一人の発言に、ああそうだ、と他二人がうなずく。

結局、彼らが大切にしているのは面子《めんつ》だけ。考えることは、いかに私腹を肥やすか。

ある意味、非常にわかりやすい。

「……陛下は、潔癖が過ぎる」

いつもの不満がはじまった。

欲望に底はなく、彼らは満たされるということを知らないかのようだった。

「貴族はその土地を任されておるのだから、もっと信用してくれればいいものを……」

「税を納めているのだから、放っておいてくれればよいのですが」

ゴウルン卿が調子を合わせると、やはり同意を得られた。

「……タウロは、やはり難しいか？」

一人がゴウルン卿に尋ねた。

暗殺の話だとすぐわかり、うなずいた。

「ええ。難しいです。何と言いますか、野生の勘のようなものが非常に鋭く、手の者もなかなか決行できないそうで……」

「もっと腕のいい者はおらんのか」

「派手に動けば、陛下の粛清の対象となってしまいます。ここは、慎重になるべきかと」

ゴウルン卿が裏社会と繋がりがあることを知ると、彼らは頼るようになった。

別の一人が言う。

「誰かが下手《へた》を打ち、我らが芋づる式に粛清される――これだけは避けねばならぬな」

「おっしゃる通りです」


タウロは、ゴウルン卿が見たところかなり難しい相手だ。

だが、と思う。

現役の自分なら不可能ではなかった、と。

もう足を洗った今では、手の者の不甲斐《ふがい》なさを嘆くしかできないが。

「あの女はどうだ？　アルメリア様のように最前線で戦うほうではなかっただろう」

ゴウルン卿に別の提案がされると、視線が集まった。

三人が口々に言う。

「戦闘能力は、それほど高くないはずだ」

「排除できれば、タウロを降ろすのは時間の問題」

「こう出るとはさすがに勇者パーティの一員でもわかるまいよ」

ゴウルン卿は、わからないようにため息を小さくついた。

自分の面子を守ること、他人を利用することだけは得意な連中だ。

ただ、ゴウルン卿は、ぬるま湯につかったかのようなこの生活をのんびりと楽しみたいだけで、私腹を肥やしたいとは思っていない。

「……いいでしょう。まずは調査をさせます」

ゴウルン卿は、手の者を一人呼び出し、セラフィン・マリアードの調査を命じた。

これで一安心と思ったらしい三人から安堵《あんど》の空気を感じる。

戦場帰りの彼女にとっては、敵にすらならない相手だったというのも納得だ。

酒肴《しゅこう》に十分満足した三人は宵の内に邸宅をあとにし、ゴウルン卿は、一人私室で酒を呑むことにした。

「セラフィン・マリアードか」

当時自分が受けるとしたら、報酬はいくらだっただろう。

ふっと、何かの気配を感じた瞬間だった。

身の毛がすべて逆立ったかのような悪寒がする。

背中が震え、一瞬にして吹き出した冷たい汗が顎《あご》から喉《のど》へ伝うのがわかった。

「今の気配で察したか。それで確信した」

背後から声がする。振り返りたくはなかった。

何か身動きひとつでも取れれば、それが死に直結してしまうような、そんな重圧だった。

「俺の記憶力も捨てたものではないな」

ゴウルン卿には、この重圧に覚えがあった。


返り討ちに遭い、はじめて標的に命乞《いのちご》いをした屈辱の記憶が、脳裏をよぎる。


あのときの……？

「まさかルーベンス王に依頼されて俺を消しにきた暗殺者が、こんなところにいるとはな」

……ルーベンス神王国で『粛清の金曜日』を引き起こしたあのルーベンス王のことで間違いないだろう。ということは、やはり今後ろにいる彼は――。

「な……何をしに来た。私を殺しに来たか？」

「そんなつまらないことはしない。ただ少し話をしようと思ってな」

足音がすると、視界の端から現れた彼は、向かいのソファに座った。

……ギルド職員の制服を着ている。

何かの任務だろうか。

「何とは言わないが――やめておけ」

「……」

「もう一度言う。やめておけ。これは、警告だ」

あのときと比べれば、ずいぶんと雰囲気が柔らかくなったような気がする。

恐ろしいほどの鋭さを持った当時と比べれば、だが。

「手を汚す世界から身を引いたのであれば、余計なことはするな。さもなければ、本当のことをランドルフ王に言わなければならなくなる」

バレている。

「俺も、おまえと同じだ。一線から身を引き、今ではこの通り――」

自分を軽く指さした。

「『普通』のギルド職員だ」

「き、君が、私と同じように、平穏を求めた、と？」

全暗殺者が求めても手に入らないほどの能力を持っていながら？

冗談のように聞こえる。

「悪いか？」

「……ひとつ、君に感謝をしたい。あの仕事から足を洗うきっかけになったのは、君だ」

「そうか」

「全盛期だった。私に殺せない人間はいないと、そう思っていた……。だが君を前にしたとき、悟った。敵わないどころか、比べるのもおこがましいほどの圧倒的な力に、私の心はあっさりと折れてしまった」

そうか、とまた静かに言って続けた。

「何もしなければ、おまえはこのまま貴族でいられる。俺も無駄な血を流させないで済む。お互いが得をしている。……金か面子か命か、何が一番なのか、よく考えることだ」

そう言い残して、ふっと彼は消えた。

からん、とグラスの氷が音を立てる。幻でも見ていた気分だったが、あの気配は間違いなくそうだろう。

ゴウルン卿は、命令を出した手の者に撤収するように指示を出した。

……もういい。もうやめだ。何もかも。

ゴウルン卿が席を立ち、鞄《かばん》にありったけの金を詰め込んでいると、不審に思った息子が顔を出した。

「父上、どうしたのですか？」

ゴウルン卿がはじめて見たときはまだ幼かった。今では一四となった。もう分別もつくだろう。

「今この瞬間から、おまえがこのゴウルン家の当主だ」

「父上？　何を言っているのですか？」

「そなたの父……フュリー・ゴウルンは死んだ」

「一体何を言って――」

息子を突き飛ばし、ゴウルン卿は邸宅をあとにした。

「どうしたのですか、父上――」

後ろからの声に答えることはしなかった。

何もかも、もともと自分のものではないのだ。

名も、地位も、金も、あの邸宅も、息子も。

男は、使っていたスキルを解除した。

久しぶりに体を洗ったかのような、そんな清々しさがある。

「っっっあぁぁー。元の顔久しぶり。そういうスキルなのに何でバレたんだよ」

詰め込んだ金は相当な額にのぼる。

これで適当な田舎町でひっそりと暮らすことにしよう。

脳内の口調が、貴族のままだ。

まあ、しばらくはこれでいいだろう。

「七年かぁ……短かったな」

男がなり代わり、演じたのは、フュリー・ゴウルン伯爵。三九歳。本人が生きていればその歳だったはずだ。

素人《しろうと》は騙《だま》せても、あの男を騙すことはできなかったらしい。

いくら体型や服装、顔を変えても、どこかにスキル特有の不自然さが滲《にじ》んだんだろう。

ひとつ言えることは、もう誰かになり代わる必要はないということだ。

嘘《うそ》をつかなくていいということだ。

あの男に人生を変えられたのは、これで二度目ということになる。

そういう意味では、やはり感謝したほうがいいのだろう。

◆ロラン◆

王城の客室に戻ると、セラフィンがいた。

テーブルの上には、琥珀色《こはくいろ》の蒸留酒に、グラスと氷が用意され、俺に気づくとふたつのグラスに酒を注いだ。

「どこに行っていたんですか？」

「トイレだ」

ふふふ、と上品に笑うと、こちらにグラスを差し出してきた。

「そうやって、ロランさんはわたくしたちを置いて、一人で……」

「何の話だ」

ほとんどセラフィンには勘づかれているが、そうだとは言わないでおいた。

「ずいぶんと長いトイレですね」

「ああ」

こうして酒を呑《の》める相手は、あのメンバー内だとセラフィンだけだった。

エルヴィも呑めたはずだが、あの堅物は明日に響くから、と一滴たりとも口にすることはなかった。

「こうしていると、何だか懐かしくて」

人差し指で氷を弄《もてあそ》びながら、セラフィンが唐突に漏らした。

「『勇者パーティには、毎日水浴びをさせてほしい』と軍部に認めさせたのはおまえだったな」

「ふふふ。そんなこともありましたね。アルメリアさんもエルヴィさんも純情な乙女ですから。その件でどうしたら上手《うま》く交渉できるか、相談をしたのは覚えていますか？」

「そうだったか？」

はい、とセラフィンがうなずく。

ゆっくりとした時間の流れを感じる。

ふと視線を感じると、扉の隙間《すきま》から『シャドウ』がじいっとこちらを見つめていた。

「……呼んでいいか」

「ええ。構いません」

セラフィンも、いることには気づいていたらしい。

手招きすると、恐る恐ると言った様子で『シャドウ』が中へ入ってくる。

「どうするんです、ロランさん。そのお方は」

てこてこてこ、とやってきた『シャドウ』が俺の膝《ひざ》の上に乗る。

「どうもしない。例の首輪が直りそうでな。それをまたつけてもらうことにする」

「つけてもらう……そんなことができるんです？」

「それが本人の希望だ」

「ふうーん？」

俺のグラスを両手で持つシャドウが、ちびちびと酒を呑んでいる。こうしていると、小さな子供のように見えた。

「不思議な方なのですね」

「俺も、彼女も、以前の肩書を捨てている。もうやめたんだ」

「そうは言いますけど、ロランさんはロランさんで、築いてきた人間関係があって……今回もタウロさんに頼られてこうして王都でわたくしとお酒を呑んでいます。それは、そのお方にも言えるのでは？」

暗殺者をやめてはいるが、俺を頼ってくる人がいるように、ライラにも、誰かが……。

「首輪が直ればそれも杞憂《きゆう》に終わるはずだ」

「それもそうですね。もし何かあったときは、片腕でも勝てますか？」

「当然。俺は元々手数で勝負する戦闘はしない。格闘戦を主体としていたなら話は別だが、虚を衝《つ》き一撃で屠《ほふ》るのが俺の流儀だ。片腕で事足りる」

「物言いは、相変わらずですね」

「安心してくれ。心変わりをしたとしても、俺がどうにかする」

ちらっと『シャドウ』が俺を見上げて、また酒を呑みはじめた。

ライラはセラフィンのことをまだ警戒しているらしく、黙ったままだ。

「おぉーい、ロラン！　来たぞ！」

ノックもせずに入って来たのはタウロだった。

「どうしてここが」

「ギルドで案内させている宿にはいなかったし、いるとすれば王城内だろう、と。どうにか礼を言おうと思ってな」

「礼ならセラフィンに言ってやってくれ」

「その彼女を連れて来てくれたのはおまえだ」

「ロランさんは、相変わらず素直じゃないんですから、もう」

呆《あき》れたように言うセラフィンは、タウロに席をすすめ、三人で酒を呑むことにした。

ギルドの話や、ギルドのこれからの話、タウロの話をセラフィンはよく聞いていた。

「貴族ではなくおまえのような男だと、現場もやりやすい」

「んお？　ロランが、オレを褒めた……？」

「褒めてない」

くすくす、とセラフィンが笑っている。

ずいぶんと深い時間になってしまったので、お暇《いとま》することにして、客室をあとにした。

「何かあれば、タウロはセラフィンを頼れ。セラフィンは、相談に乗ってやってくれ」

二人から了解を得ると、俺は王城をあとにした。

『もうよいのか？』

「話すべきことは話したし、託すべき仕事は託した」

『そうではない。面と向かって語らうのは久しぶりであっただろうに』

「俺たちはいつだって会うことができる。いつ死ぬかはわからないが、まだそれは先だろうという気がしている」

ならよいが、とライラは言う。

『早く戻ってくるがよい。やはり「シャドウ」に呑ませるだけでは呑んだ気がせぬ』

「『ゲート』ですぐに帰る。酒の準備でもして待っていろ」

すっと『シャドウ』が消えた。

今日はライラが潰《つぶ》れるまで相手をする必要がありそうだ。

タウロが魔王復活の噂《うわさ》を耳にするということは、こちらでもその噂を知っている人間はいくらかいるだろう。

その程度であれば、魔界ではもっと情報が錯綜《さくそう》しているのではないだろうか。

ライラの父である元魔王は、ロジェの報告でそれを事実として知っているわけだし。

不測の事態が起こり、魔界に戻らざるを得なくなった場合、ライラはどうするだろう。

魔界でライラにしかできない何かがあって、だが、それには首輪が邪魔で。

「……」

セラフィンと呑んだせいか、少し感傷的になっているらしい。

どうしても戦争中のことを思い出してしまう。


家に帰ると、ライラが準備万端で待っていた。

「王都への出張、ご苦労であったな！　ささ、呑むがよい」

リビングでは、ライラとすでにグラスに入れられた葡萄酒《ぶどう》と皿のチーズが俺を待っていた。

ソファに座ると、ライラが隣にやってくる。グラスを軽くぶつけ、静かに葡萄酒を呑んだ。

「ふう……。なかなかよい酒であるな」

どれどれ、とボトルを確認するライラに尋ねた。

「俺のいない間も飲んでいただろう？」

「いや。一人で呑むこともなくはないが、そなたと一緒のほうがよい」

さらっとそんなことを口にした。

「……首輪。そろそろ仕上がるころだろうが、本当にいいんだな？」

「しつこいのう、そなたも。妾《わらわ》は、ここでの生活を気に入っておる。魔界で地位だの権力だの何だ

のと、もううんざりなのだ」

「ならいいが」

ライラが珍しいものを見るような目でじいっと俺を見つめてくる。

「愛《う》いやつよ……」

ぎゅうっと抱きしめられ、頭を撫《な》でられた。

「妾が帰ると言い出さないか不安だったのであろう？」

「そういうわけでは」

「そなたは、素直ではないらしいからな？　くふふふ。言葉通り信じるつもりはないぞ」

楽しそうにライラは笑う。

この笑顔に、きっと嘘《うそ》はないのだろう。

「さっそく酔っ払ったか」

「まだまだ全然」

白くて細い脚を絡めて、くいっとグラスを呷《あお》る。

「ついに、敵であった暗殺者まで虜にしてしまうとは……妾のなんと罪な美貌《びぼう》か」

芝居がかった口調で言うライラが調子に乗りはじめた。

「妾なしではもう生きてゆけぬ、と……なんともなんとも。愛いやつである」

「虜になったのは、おまえが先だった」

「わ……妾ではない！」

フン、と顔を背けるプライドの高い跳ね返り娘だった。

7　とある冒険者のセカンドライフ

事務室でいつも通り仕事をしていると、アイリス支部長がやってきた。

「この前の講習、かなり好評だったみたいよ？」

「そうですか」

俺はただタウロが言ったように、普段していることを聞かせたまでだ。

それをどう受け取ったかまではわからないが、好評ならよかった。

「マスターがまた頼むって」

「僕は講師ではなく、職員なので……あまり……その」

「ライラちゃんにも聞いたわよ。あなた、人前に立つのが苦手だったんですって？」

あいつ、余計なことを……。

「いえ。ただ慣れてないだけです。それに、次はありませんから」

「ふうん。じゃあ、そういうことにしておきましょう」

ふふふ、と上機嫌に笑ってアイリス支部長は自室へと戻っていった。

俺が講習をしたのは、一時間ほどで、それが二回。ギルド全体にどれほど影響を及ぼすのかといえば、さざ波程度だろう。それよりもセラフィンがタウロについたことのほうが大きい。

あいつは、アルメリアがいずれ王となったとき、陰で支えることになるだろう。

「ロランさーん。お昼休みですよー？　ランチ行きましょ、ランチ」

席を立ったミリアがるんるん顔で話しかけてきた。

「すみません、今日はライラに家まで戻ってこいと言われてて」

弁当を作る予定だったが、数度の失敗を繰り返したらしく、「ええい！　昼飯は作っておく！そのときに帰ってくるがよい！」と半ば自棄《やけ》になっていた。

「そうですか……残念です」

しゅん、と肩を落とすミリアに、「また機会があれば」と付け加え、俺はギルドを裏口から出ていく。

そこには、膝《ひざ》を抱えた女がいた。

肩を震わせながら、洟をすすっている。どうやら泣いているらしい。

「……」

確か、この女は……。

「どうかしましたか？」

「あ……アルガンさん……」

顔を上げた女は、思っていた通り、ミュー・ロールだった。

二〇代半ばの中級冒険者で、仲のいいミリアが担当することが多かった。

「冒険者様用の入口は、ここではないですよ」

「はい……」

ミューのことについて、ミリアにも一度相談された。

だから何に悩んでいるのかも想像がついた。

彼女は、王都で魔法を学んでいた魔法使いだったそうだが、それをやめてこうして今は冒険者となっている。

「ミリアさんから聞いています。あまり、お気になさらないほうがいいですよ」

「そうですか……？」

簡単に言うと、斡旋《あっせん》されたクエスト——ミリア曰《いわ》くミューなら問題なくこなせるものだったらしい——を失敗してしまったらしい。

失敗は失敗という結果でしかないから、反省し次に活《い》かせばいい。

と、俺は思うのだが、そうは思えない生真面目《きまじめ》な冒険者だったらしい。

それがきっかけで、低ランククエストを斡旋しても、立ち竦《すく》んだり、途中で気分が悪くなったりすることが増え失敗を繰り返しているそうだ。

一度の失敗が大きなトラウマになり、また同じことを繰り返すのでは、と臆病になったり、これくらいはクリアしなければ、と重圧を感じたりして、失敗の種を作る悪循環を続けているらしい。

「知り合いの誰かと組む手もありますし、またFランククエストからゆっくりとこなしていけばいいと思います」

「そうじゃないんです……」と、ミューが首を振った。

「それも考えました。でも……ギルドに入ろうとすると、気分が悪くなってしまって……。それどころか、魔法が、上手《うま》く使えなくなって……」

途中で声を震わせ、また泣き出してしまった。

精神的に相当参っているらしい。

繰り返した失敗のせいで、今まで学んだ魔法すらも使えなくなってしまったのか。

「ミリアさんを呼んできましょうか」

俺の提案に首を振った。

「ミリアには、よくしてもらっているぶん、こんな姿を見せられなくて……申し訳なくて……」

ミリアが色々と考えてくれたクエストを失敗した罪悪感もあるんだろう。

今まで通りに力を使えないというのは、どういう気持ちなんだろう。

俺は幸い腕一本で済み、スキルはこれまで通り使えるし、暗殺術も覚えている。仕事にも支障はきたしていない。

だが、そうじゃなかった場合――。

もしかすると、落ち込んでしまうのかもしれない。

「少しだけお時間よろしいですか」

「え？」

左手を差し出すと、それを掴《つか》んだ彼女を立たせる。

「一緒に来てほしいところがあります」

涙のあとが残るミューを連れて、俺は『ゲート』で移動をした。

「ここは――」

一瞬にして周囲の光景ががらりと変わり、ミューがあちこちを見回している。

「転移魔法の一種を使いました。そしてここは、とある孤児院です」

中から騒がしい子供たちの声が聞こえてくる。

「孤児院……」

「はい。手が足りないらしく、手伝ってもらえる方を探していたんです。子供、お好きですか？」

「ええ……」

「それならよかった」

俺はまだ苦手だが。

中へミューを案内すると、廊下にいたアルメリアと出くわした。

「あ。ロラン」

ミューが俺とアルメリアに視線を何往復もさせている。

「え。え。お、王女様……？　ど、どうしてここに……？」

細かい説明はあとでいいだろう。

「アルメリア、人手不足は解消されたか？」

「まだまだ全然」

ため息まじりに言うと、目を細めた。

「その女の人、誰《だれ》」

「ミュー・ロールさんだ。色々あって、今は冒険ができない。ここの手伝いをさせたいんだが」

嫌ではないだろうかと目線をやると、戸惑ってはいるが、拒否の声は上げなかった。

「ミューさん、いいですか？」

「は、はい。冒険ができないとなると、衣食住に困ってしまいますから」

「よかったです」

話を聞いていたアルメリアが、ぱちんと笑顔で手を叩《たた》いた。

「なんだ、そういうことだったのね。ミューさん、色々と説明するからこっちへ」

「はい」

俺もあとについていくと、院長室……アルメリアの部屋にやってきた。

乱雑に物があちこちに置かれ、書類も机の上に散らかっていた。

「アルメリア。部屋の乱れは」

「精神の乱れだって言いたいんでしょ？　わかってるわよー。でも、忙しいからどうしても……」

適当にソファやローテーブルを片付けたアルメリアは、俺たちにかけるように勧め、事務的な話をはじめた。

「ミューさん、ビビるくらいハードだから、覚悟してね」

「は、はい。それは冒険者してたので大丈夫です」

ドンドン、と扉が叩かれた。

「いんちょー！」

「ゆーしゃー！」

子供の元気な声がした。

「げー!?　来た！　ロラン、いないって言って、いないって。相手してたら事務仕事なんにもできなくなっちゃうんだから」

くすくす、とミューが笑っている。

仕方なく俺が扉を開けると、

「いんちょ……え……」

「ゆーしゃ………ちがう」

真顔になった子供たちが、涙目になりはじめた。

アルメリアとはまるで違う男が現れたせいだろう。悲鳴を上げて一斉に逃げ出した。

後ろでアルメリアの笑い声が聞こえた。

「ふふふふ。ぷぷぷ。ロラン、強い……」

「どうにも子供には好かれるタチらしい」

皮肉を言うと、ミューも笑った。

事務的な話は、衣食住の話と給料の話だった。

「私はお城とここを行ったり来たりだけど、ミューさんにはここに住んであの子たちと一緒に生活

してもらいたいの」

「はい。大丈夫です」

「お給料はそんなに多くはないのだけど……二五万リン、というのが出せるお給料よ」

「そんなに？」

「結構多いな」

「え？　たった二五万よ？　……多いのかしら」

衣食住を保障したうえで二五万……。

俺のギルド職員の給料以上だ。

「どうやら、王女様は金の価値もわからないらしい」

「そ、そんなわけないじゃない。ちょっと市民の生活を知っているからって、偉そうに……」

「知っているんじゃなく、その生活をしているんだ」

目で確認すると、ミューは小さくうなずいた。

「人手はあと何人くらいほしい？」

「そうね……あと三人くらいなら問題ないはずよ。人件費余っているからって、王城の文官が」

「俺が腕を失くしたように、冒険者はいつ再起不能になるかわからない。能力や肉体、精神や年齢だったり。俺が問題ないと判断した人物なら、一度ここに紹介してもいいか？」

「ロランがそう判断したのなら、いいわよ」

「助かる」

「アルガンさん、わたしでいいんでしょうか？」

「はい。ミューさんがいいんです。あんなふうに重圧を抱え込むのは、優しくて真面目《まじめ》で責任感が強い証拠です。魔法の知識があるし、冒険者としての経験もある。今、ちびっ子天才魔法使いが子供たちに教えているみたいですが……」

アルメリアを見ると、呆《あき》れたように笑って首を振った。

「もう、まるでダメ。擬音で説明するから、みーんなわかってないのよ。リーナの授業は、私にも難しいわ」

やはりそうなったか。

「というわけです。暇があれば教えてあげてください」

「はい」

ミューなら上手《うま》くやれるだろう。

「ミューさん、子供たちに紹介するから、行きましょう」

「わかりました」

部屋を出て庭のほうへ向かう二人に、俺は別れを告げた。

「自分の仕事に戻る」

「うん。またね、ロラン」

「アルガンさん。ありがとうございました」

俺は首を振った。

「いえ、いい人材がいたので、もったいないと思っただけですから」

もう一度礼を言って、ミューは頭を下げた。

「冒険証に更新も期限もありませんから、無理に冒険をする必要はないんです。ミリアさんは寂しがるでしょうが、きっと喜んでくれるはずです」

「そうだといいんですけど」

ミリアのことを思い出してか、困ったようにミューは笑った。

「またいつか、そのときまでお待ちしております」

そう言い残し、孤児院をあとにした。

俺が暗殺者をやめてギルド職員になったように、冒険者にだって、次があっていいはずだ。

得た知識や経験、能力は、ひとつの仕事に限定されるものではないのだから。

◆ミュー◆

王女勇者のアルメリアに子供たちを紹介されてからその日は慌ただしくなった。

子供の相手に、家事などを含めた雑用など、仕事は多岐にわたり、初日から目の回るような忙しさだった。

「たまーに、農家のおばさんとかが来て、お野菜くれたり子供たちの相手をしてくれたりするんだけどねー。本当に、パワーが凄《すさ》まじくてついていけなくなるわ」

落ち着いてきた夕方あたりに、アルメリアがため息交じりにぼやいていた。

「あの……王女様とアルガンさんは、どういったご関係なんでしょう？」

「えっ⁉　わ、私とロラン⁉」

声を上ずらせ、頬を染めるアルメリアが、何だか微笑《ほほえ》ましく思えてきた。

向かうところ敵なしの英雄も、色恋ではそういうわけにはいかないらしい。

初々しい反応に、ミューはくすりと笑ってしまう。

「た、ただの……友達……？　先生？　ってところよ。それだけじゃないんだけど！」

それだけじゃないのよ、ともう一度繰り返したあたり、相当想《おも》っているらしかった。

「ミューさんは……ロランとは本当に何もないのよね？」

「ええ。私は、ギルドで顔を合わせる程度で、接点もそれほどなかったので」

「そ、そう。ふうん」

ほっとアルメリアが胸《むね》を撫《な》で下《お》ろした。

ロランは敬語ではなくため口を使っていて、アルメリアのことをよく知っていそうな雰囲気だったから、教え子と先生という関係なら納得だった。

勇者であるアルメリアがここにいるからか、パーティの一員として名を馳《は》せたリーナも孤児院にいた。

「ロラン、もう帰っちゃったの……？」

大魔法使いと巷《ちまた》で呼ばれる彼女も、彼が来たと知れば、その名を口にせずにはいられなかった。

「えええっと……。ま、また来るって言ってたから、リーナちゃん、大丈夫よ」

「ロラン、いつもすぐ帰っちゃう……リーナ、ロランとお話ししたい……」

「今度は、私からも言っておくわ」

「……うん」

子兎のような愛らしいリーナの頭を撫でると、気持ちよさそうに目を細めた。

リーナがこの孤児院出身だということは、後々になってアルメリアから聞かされた。

魔法の使い方については、やはりロランから学んだという。

「アルガンさんって……何者……？」

ミリアに担当をしてもらっていたので、彼の人物像はいまいちつかめないでいた。

そして、いつしかミューは、冒険者としての日々を振り返っても苦ではなくなった。

子供は好きだし、一緒に遊ぶのも楽しい。家事を邪魔されたり、捗《はかど》らないときもあるけれど、満たされた気持ちになる。

かつて師を得て魔法を学んだけれど、もう使えなくてもいいのかもしれない。

「ぐうううううって、あつめるの。ぐうううううって」

魔法を教えるリーナの言葉は、感覚的過ぎて、まるでわからない。体内の魔力集束のことを言っているのかもしれないが、それも定かではなかった。

リーナが発動させた魔法は、確かにすごいものだけど、この状態では、初歩の初歩も理解できていないだろう。

「リーナちゃん。私が教えてもいい？」

「……うん」

「みゅーみゅー、魔法できんのー？」

快活な男の子がからかうように真っ先に声を上げた。

「魔法って、難しいんだからー」

おませな女の子がそれに続く。

できるだろうか、と自問して、体内にある魔力を燃焼させる。人それぞれ感覚が違うらしいが、
ミューは燃焼という表現が一番しっくりときた。

久しぶりの感覚に、懐かしささえ覚えた。

燃焼させた魔力の対価として、手の平に小さな炎が現れた。

「「「すごーい」」」

「えへへ。できたでしょ？　簡単なことから教えていくからね」

こうして、ミューの魔法講義がはじまった。

自分は魔法使いとしては三流かもしれないが、初歩の知識や技術を教えることはできる。

それが、子供たちのためになるのなら、苦労は厭《いと》わなかった。

ひと月ほどすると、ロランが様子を見にやってきた。

「どうですか。孤児院での生活は」

「大変ですけど、充実した毎日です」

「それはよかったです」

にこりと笑みを覗《のぞ》かせるロラン。

ああ。

と、納得してしまう。

無表情だったり、クールに見えがちな彼が、花が咲いたような笑顔を見せるのだ。

整っているだけあって、その破壊力はすさまじいものがある。

「ううん……なるほど……」

「どうかしましたか」

ああ、いえ、とミューは濁しておいた。

「ロラン、あとでリーナとおままごとしてー」

来訪を教えたときから、リーナはずっとロランの腰に抱き着いたままだった。

「おままごと……何をすればいい」

「お父さん」

「父役か……いいだろう。知識としては知っている。父とは何か……。ついになり代わることなく終わったが、まさかこんなところでおまえに披露することになるとはな」

「やったー」

一〇歳ほどのリーナは、どこか幼い。同じ年ごろの女の子は、オシャレをしたり男の子を意識したりしはじめているのに、精神的にはまだ五、六歳と変わらなかった。

「じゃ、リーナ、ロランの妹する」

「妹?」

「うん。ざいさん、ぶんよの話をするの」

「ほう。賢くなったな、リーナ」

本気なのか、ふざけているのか、ロランを見ているとさっぱりわからなくなる。

「どうかしましたか」

「それも魅力の一つなんだろうなって思っていたところです」

わからないように言ったせいもあり、ロランは怪訝《けげん》そうに首をかしげた。

「ミリアは、どうしてますか?」

「元気ですよ。ここで働いていることをお伝えすると、喜んでいました」

「そうですか」

一度会って話したいと思っていた。

冒険者として、使い物にならなくなりはじめた自分のために、心を砕いてくれた、優しい彼女。

何も言わないままの別れになってしまったことが、気がかりだった。

だが意外なことに、その機会はすぐに訪れた。

「ミューさん!」

庭で子供たちと遊んでいると、聞き慣れた声がして顔を上げると、ロランが、ミリアを伴って孤児院を訪ねてきていた。

「ミリア！」

駆け寄ってきたミリアを抱擁すると、肩の上でぐすぐすと泣きはじめた。

「ミューさぁぁぁん、よがっだですぅぅぅ。すっかり元気になってていぇぇぇ」

「アルガンさんのおかげなの」

「聞いてますぅぅぅ」

子供たちに遊んでいるように言って、自室へと案内した。

ベッドとテーブルと椅子が二つの質素な部屋だ。

自分はベッドに座り、二人に椅子を勧めた。

「辞めちゃうなら、それでよかったんです……」

あのときを振り返って、ミリアがぽつりと言った。

「でもミューさん、追い詰められたような表情をずっとしてて……かなり病み病みモード全開で……見ていられなくて」

「ごめんね、ミリア。それと心配してくれてありがとう。もう大丈夫だから」

ロラーン！　とリーナの声がして、軽く会釈をして部屋を出ていった。

近況の報告をお互いしていると、ミューは言っておきたいことを思い出した。

「ミリア。アルガンさんって、何者？」

「ロランさんですか？　わたしの後輩です」

「そうじゃなくて……。王女様の先生？　だったり、大魔法使いと呼ばれるリーナちゃんも大好きで慕ってるみたいだし……」

「ロランさんあるあるですね。すごい人と仲が良い」

「どうして？」

「わかりませんけど……それがいいんじゃないですか」

さっきまで泣いていたのに、目元からはキラキラした星のようなものを出すミリアだった。

「ミステリアスで、クールで、カッコよくて、紳士で……」

もう手遅れだったか、とミューは内心ため息をついた。

「ミリア、やめておいたほうがいいわよ。アルガンさんは」

「どうしてですか」

不満げにミリアは唇を尖《とが》らせる。

「……だって……」

あの王女がベタぼれなのだ。

器量はたしかにいいけど、町娘Aのようなミリアが敵うはずもない。

「あ。わかりました。ミューさんも好きになったんでしょぉぉ？　ダメですからね、ロランさんは」

「そういうことじゃなくって」

「ライバルを減らそうという作戦ですか。そういう冒険者さんは今まで星の数ほどいたので、わたし、動じませんから」

「告白は？　したの？」

ぼふん、とわかりやすくミリアが顔を赤くした。

「遠回しに……というか、恥ずかしいのでわからないように、伝えました……」

「伝わらなかったら意味ないじゃない」

「ううう……で、でも……フラれてしまったらわたし、お仕事行けません……！」

「頑張ってね。ミリアなら大丈夫！」

「何の根拠もない応援ありがとうございます」

「ちょっと、そんなこと言わないでよ」

ミリアの皮肉にそう返すと、二人して笑い合った。

「今日は二人とも休みなら、このあとご飯に誘って」

「う。い、言わないでください……。そのつもりだったんですから。キンチョーします……」

子供たちがいる庭に戻ると、二人は小さく会釈をした。

「ロロロロロロロランさんっ！」

「はい」

「きょ、今日、夕食……一緒に……どう、ですか」

「ええ。構いませんよ」

ぱぁぁぁぁぁぁ、とミリアが満天の星のような表情をして、ミューを見る。

ぐっと親指を立てるとミューもそれに応じた。

スキップしそうなほど浮かれているミリアとロランの二人を見送った。

「上手《うま》くいくといいけど」

お世話になっている王女様には申し訳ないが、ミリアとくっつけばいいのに、と思わずにはいられなかった。

8　完成品

「相変わらず陰気な場所だのう」

「吸血族なんだから仕方ないだろう」

俺とライラは休日を利用し、ワワークの工房（本人が手紙でそう言っていた）に向かっているところだった。

先日もらったワワークからの手紙には、首輪が完成したことが認《したた》められていた。

ライラはまったく気にしていないが、俺は再び封印するべきか迷っていた。

「おまえの力を頼ってくる輩《やから》がいるかもしれない」

「構わぬ。どうせ妾《わらわ》の魔王という看板目当てであろう。強大な力は、争いの種である。封じられるのであればそうしたほうがよい」

もっともな意見だった。

ディーとロジェが使った通路……俺たちは湖からのルートを通ったが、どうやら陸路があるらしく、今日はそれを辿《たど》っていた。

「それとも、そなたが妾の『首輪』として付き従うか？　妾は、そなたには敵わぬからな。何かあれば、そこでズバっと……」

「俺はそこまで暇ではないし、魔界がどうなろうとも知ったことではない」

だが、ライラは、そういうわけにはいかない。

父や、他のライラを慕う魔族が魔界には残っている。

「それでよい。そなたが心配することでも、力を再び失くすであろう妾が心配することでもない」

上手くやるであろう、とライラは楽観的だった。

通路を進んでいくと、ワワークの工房に到着した。

「やあ。ロラン君。っと……それに魔王様もか」

「ワワーク、この姿で会うのはいつぶりであろう。ともかく久しいな」

ばさぁ、と景気よく長いスカートを払い、さらぁ、と長い赤髪を手でなびかせてみせた。

他の誰かがやれば笑ってしまうような芝居じみた仕草も、品と自信にあふれるライラには自然とよく似合った。

「平伏はしないよ。君の部下ではないからね」

「わかっておる。妾の首輪をよくぞ作り直してくれた。感謝しておる」

「……」

ワワークは納得いかなそうな曇った表情をする。

「ロラン君。ボクの知る魔王とは少し印象が違うんだが……。もっと怜悧《れいり》冷徹冷血の絶対王者という雰囲気だったのに……」

「自分から首輪をつけたがるようなただのドM女だと思っていればいい」

「なるほど……」

「なるほどではないわっ！」

ライラが地団駄を踏んだ。

「そなたが余計なことを言うから、妾の威厳が損なわれておる」

「事実だろう」

「うぐう」

くすくすとワワークが笑った。

「あの絶対的な魔王様も、愛した男の前では乙女になるわけか」

「うぐう」

頬を染めながら、ライラは何も言い返さない。

「もう知らん！」とスカートを翻し、工房をうろうろしはじめた。

元々興味があったんだろう。

くくく、と笑いを忍ばせながら、ワワークは言った。

「まさか、魔王を殺すのは憎しみや正義ではなく、愛だったなんてね。皮肉が利いていていい」

「ライラの件は、他言無用だ」

「わかっている。ボクも、君に嫌われたくはないからね」

「どういう意味だ」

「その腕。魔王を倒すほどの能力を持ちながら、片腕だなんて、もったいなさすぎる」

「言ったはずだ。今の仕事では事足りていると」

おほん、とライラが独り言をつぶやいた。

「妾は、アクセサリーの一種としてあの首輪を気に入っておる」

そのアピールは、ワワークにはおかしく映ったらしい。

「可愛い人だね。いつもああなのかい」

「この件に関して言うと、いつもああだ。封じる理由も一応あるし、装飾品として気に入っている、と」

「あの魔王様が、いつの間にか恋する乙女に……。恐ろしい人だね、君は」

「魔王よりも強いからな。だが、力を行使することはあまりない」

「そういう意味じゃないよ。力だけでは、ああはならないだろう？」

まあいい、とワワークは話を変えた。

「ボクが魔物の力を増幅させ、変化……いや、進化といえるほど形態を変える研究をしているのは、本来持っているはずの力を知らないまま個体としての生を終えるのがもったいないと思ったのがきっかけだ」

それがあの術式言語らしい。

魔力の増幅や抑制、制御等のメカニズムを研究した長年の成果が、先日の鎧亀《よろいがめ》や棘《とげ》トカゲだという。

「それは君にも言えるんだ。ロラン君」

「俺が本来の力を失ったままなのは、惜しい、と」

「そう」

「ギルド職員には、過ぎた力だった。片腕くらいでちょうどいい」

「――という建前だろう？」

なぜか心の奥底を見透かされたような気がして、ドキリとした。

「魔王様を倒すためだったのか、まったく違うのかはわからないけど、力を求め鍛錬をし続けた者が、もう力に興味がないなんて嘘《うそ》だ」

「どうしてそうだと思う？」

「ボクも一端《いっぱし》の男だからだよ。強くなりたい――そんな願望を持つのが性《さが》というものだろう」

「強すぎる力は、争いの種となる」

ライラのセリフを使わせてもらった。

「まあね……」

ライラが自らの力を封じるというのであれば、俺も片腕などなくてもいい。

もう俺たちに、力は不要なのだ。

けど考えておいてくれよ、とワワークは言って、仕上がった首輪を渡してくれた。

「使い勝手は前回の物と同じだ。どうして壊れたのか調べたら、首輪が物理的に劣化していたのが大きな原因だったみたいだ。まあ、二〇〇年前だからね、作ったのは。習作でもあったし。けれど、今回はそうならないように、経年劣化防止と魔法や物理的な外的要因による損傷を防ぐ術式の二つも追加で組み込んだ」

新しい首輪を観察するが、前回との違いはわからなかった。

革製品として新しくなった……という部分はわかるが。

「外れないし、劣化しないし、壊れない、ということか」

「そういうこと」

首輪を懐に入れて、俺はワワークと握手をした。

「礼を言う」

「あの魔王を倒し、魔族に一杯食わせた英雄の君からお礼だなんてとんでもない。君がそばにいてくれるから、また首輪をしたいと言っているわけだし。――ああ、それでもお礼をしたいというのなら、体を調べさせてほしい」

「体？　構わないが」

「いいのかい？」

さっきから、工房を見学していたはずのライラが待ち遠しそうにこちらを見つめている。

「すまない。今度でいいか？　工房見学は飽きたらしい」

「残念。それじゃあ、またいつか来てくれ」

別れの言葉をそれぞれ口にして、俺とライラは工房をあとにした。

「これが新しい首輪だ」

「ほう。これが」

渡すと、色々と触ったり観察したりしはじめた。

違いを説明すると、あまり興味はなさそうだった。

「要は、前回よりパワーアップしたのだな」

「ああ。……ライラ、首輪をつけるタイミングは、今でなくてもいい。おまえが必要だと思ったときにそうしてくれ」

「ふむ」

「魔王の力を察知した面倒な輩《やから》が、訪ねてくることも今のところない。もしそんなやつがいれば、今のおまえなら事前にわかりそうなものだが」

「それもそうであるが」

「あとは、よっぽど猫になりたいときくらいか」

「猫は便利である。どこかへ行くにしても、そなたの鞄《かばん》の中に潜っておればそれでよい。そなたも連れていきやすかろう？」

「そういった利点はあるな」

いつの間にかライラに手を繋《つな》がれていたが、されるがままにしておいた。

「妾は、嬉《うれ》しい」

「何がだ」

「妾のことを思って、首輪の件でそなたが色々と進言してくれることが、だ」

「それが嬉しいのか」

ライラは無言で二度うなずいた。

通路に誰《だれ》もいないことを確認すると、つま先立ちになり顔を寄せてきた。

ほんの少し尖《とが》らせた唇を唇で迎えてやる。

小さな音が通路によく響いた。

くるん、と何事もなかったかのように、手は繋いだままのライラは前を向く。だが横顔は、にへらぁ、とゆるみっぱなしだった。

9　ルーベンス神王国よりの密使

出勤前に朝食を食べているときのことだった。

「貴様殿よ」

「何だ」

「妾《わらわ》の背中かきを知らぬか」

「知らん」

ううむ、そうか、とライラは首をかしげ、リビングへと戻っていった。

ライラはまだ首輪をつけていない。

俺の進言に耳を貸してくれたのか、それともただの気まぐれかはわからない。

壊れないし外せないとなると、自分でつけるのには勇気がいるのかもしれない。

「ここに置いておいたはずだったのだが」

また戻ってきたライラが、テーブルを指差す。

「『孫の手』に足でも生えたか」

「ありそうであるな……」

「冗談だ。あるわけないだろ」

「いや、しかし、そなたの右腕であるぞ？」

「俺の腕だとしても、足が生えるわけがないだろ」

俺の右手を色々と弄《もてあそ》んだライラは、その遊びに飽きたらしく、孫の手として利用していた。

いつか治すつもりでいるようだったが、ワワークにも言った通り、ギルド職員の仕事には何の支障もないので、治らなくてもよかった。

「なくても問題ないだろ。おまえが魔法をかけていなければ、今ごろ腐って白骨化している代物だ」

だがなぁ、とライラはいまいち諦《あきら》めきれないようだった。

行ってくるとひと言告げると、いつも玄関先までやってくるライラだったが、今日はそれどころではないらしい。

よっぽどあの孫の手が気に入っていたようだ。


冒険者ギルドに出勤し、いつものように業務を開始する。

雑多な業務をこなしていると、入口のほうから名前を呼ぶ声がした。

「ロラン様ー！」

そちらを見ると、獣人のリャンがぴょんぴょんと跳ねながら手を振っていた。

後ろには、残り三人の美少女戦隊がいた。

「帰ったか」

バーデンハーク公国でメイリの護衛を頼んでいた。俺がこちらへ戻る際に、その任を解いたが、メイリも美少女戦隊の四人も離れがたくなってしまったようで、しばらく護衛として王城暮らしをしていた。

四人が中に入ってくると、その容姿のためか、室内が華やいだような雰囲気になる。

「リャンは、すぐ大きな声を出すんだから」とエルフのスゥが呆《あき》れたようにため息をついた。

「ボク、ロラン様に久しぶりに会えて嬉しいの」

落ち着きなさそうに手や尻尾《しっぽ》、耳を動かすリャン。

「………相変わらず、クールなロラン様、カッコいい」

リャンの隣にいるドワーフのサンズがぼそっと言った。

「お元気そうで何よりです」

唯一の人族であるイールがにこりと笑った。

「お互いにな」

再会の握手をしようと手を出すと、四人が一斉に手を出した。

「ちょっと、わたしが今ロラン様としゃべってたんですから――」

「ロラン様はボクを見ていたの」

「………少なくとも、リャンではない」

「サンズ、あんたでもないわよ」

イール、リャン、サンズ、スゥの四人が小競り合いをはじめたので、俺は順番に握手をしていった。

「お疲れ様。よく頑張ったな」

と、ひと言ずつぞれぞれ平等に声をかけていった。こうしないと、あとでマウントを取り合ってまた揉《も》めるらしい。

四人を席に座らせ――誰が前列に座るのかでまたひと揉めして――簡単に近況報告をしあった。

「それで。今日はクエストか？」

「いえ。そうではないんです」

イールがゆるく首を振ると、サンズに目配せをした。

「…………ロラン様……腕、痛くない？」

淡々とした抑揚のない無感情な声音は相変わらずだ。

「いや、まったく」

「…………ううん。右腕のほう」

それは確かにあった。

幻肢痛と言うそうだが、我慢できないほどの痛みではなかった。

「サンズが、ロラン様がきっと痛がってるって言って聞かないのよ」

スゥが補足してくれた。

「痛みはあるが、常に苛《さいな》まれているわけではない。心配するな」

「…………ならいい」

サンズの頭を撫《な》でると、他三人の空気がピリついた。

「大丈夫ですよ、ロラン様は。腕だって生やせるんですから」

「おい、イール。さすがにそれは俺でも無理だぞ」

「え？　そうなんですか？」

驚いたような顔をするイールに、俺は面食らった。

「さすがにそんな回復能力はない」

バーデンハーク公国での日々は、すべて大規模クエストとして換算されるため、彼女たちにも報酬を支払うことにした。

どっさりと札束が入れられた革袋をイールに手渡す。

「え。えぇぇぇぇっ。た、大金ですぅぅぅ」

どれどれ、と三人が覗《のぞ》き、似たような反応を見せた。

「ボク、このお金でロラン様の腕を買ってくるの」

「おい、俺の腕を装備品みたいに言うな」

「…………リャン、これで何か月かはお仕事しないでいいね」

「冒険しなくていいのは、それはそれで困るの。ロラン様に会えなくなるの」

「…………それは……困る……かも……」

小柄な二人が話している頭上では、イールとスゥが目で何かの会話をしていた。

「どうかしたか」

「あ……。実は――」

イールが話そうとしたところを、スゥが遮った。

「いいの、ロラン様。気にしないで。きっと何かの間違いだから」

それ以上は語らず、スゥは口をつぐんだ。

クエストを受けに来たと思しき冒険者が後ろにやってきたので、四人を帰らせることにした。

イールとスゥの様子は気になるが、さほど重要なことではないのだろう。

この日、美少女戦隊の帰還以外に特筆すべきことはなく、つつがなく一日が終わった。


夜家に帰ると、自宅前に体格のいい駿馬《しゅんめ》が一頭繫いであった。

「誰《だれ》の馬だ」

鼻面を優しくなでると、小さくいなないた。

ロジェか誰かが乗って来たのだろう。

そう思って家に入ると、奥から話し声がした。

「どのような理由で参ったのかは知らぬが、そなたはいいやつであるな」

「貴女が探せというから手伝っているのだ」

ライラとやりとりをしているこの声は……。

普段空き部屋になっている部屋の扉を開ける。

「帰ったぞ」

「おお、よくぞ戻った」

ぱっと顔を上げたライラと――。

「あ――ロラン。遅かったではないか」

手を腰にやって不満げに言うエルヴィがいた。

「何しに来たんだ？」

「何をしに、とはずいぶんご挨拶《あいさつ》だな」

この家のことはアルメリアに教えてもらったらしい。

おほん、と仕切り直すように、エルヴィは咳払《せきばら》いをした。

「過日のアルメリアと我が国での見合いの席では、大変失礼を致した。ロランのおかげで、陛下は道を踏み外すこともなく――」

「固い……。固いのう、礼が……」

うんざりするように、ライラが首を振る。

「まさか俺の腕探しをするためにこの家に来たのか？」

「人手が足りず困っておったところに、このエルヴィ騎士が現れたのだ。こんなときにあのアホエルフはおらぬし……ちょうどよかったのだ」

ライラはそう言うが、エルヴィはきっぱりと否定した。

「そんなわけないだろう。ただ、おまえの同居人であるライリーラ殿が困っているというから、私は……」

「生真面目《きまじめ》な性分は知っているが、もう少し楽にしてくれ。見ているこちらの息が詰まる」

「変えられていたら苦労はしていない」

相変わらずだな。

エルヴィを交えて夕食をとることにした。

有害薬物の件についても、情報を提供してくれたエルヴィに、礼を言っておいた。

「出所はおそらくフェリンド王国のどこかの港だろう、というのは想像がついたが、壊滅させるとは思いもよらなかった。おかげで、流通を阻止できた」

その件は、ライラもいることだし掘り下げないでおこう。

あまりいい思い出ではないだろうから。

「それで？　俺の顔を見に来たなんて言わないだろう？」

「もちろんだ」

言い切ってから、言葉を選ぶようにエルヴィは話した。

「もう一線を退いてギルド職員になったというのは、以前会ったときに聞いた。アルメリアからその腕のことも」

「気を使わないでいい。単刀直入に言ってくれ」

「ルーベンス王が崩御なされた」

空気が少しだけ張り詰めた。

主にそれはライラだった。

わざわざここまでそのことを伝えにくる意味を、半分くらいは察したのだろう。

「こちらの国に情報はまだ流れていないだろうが」

「俺にそれを伝えるということは、病死や事故ではないということか」

不慮の事故や持病が災いしているのであれば、俺に教える必要はない。

「……表向きは病死ということになる」

表向きは、か。

「おい。小娘。不用意な発言に気をつけることだな。内容によっては、ただでは済まさぬぞ」

ライラの視線が殺気を帯びている。

「ライラ」

名前を呼んで、目で制する。言わんとしていることがわかったのか、つまらなそうにライラは鼻息を吐いた。

「エルヴィ、構わないで言ってくれ。ルーベンス神王国の侯爵家の令嬢が、単独で馬を飛ばしてわざわざここまで来るくらいの異常事態なんだろう」

「ロラン、おまえは相変わらず頭がいい。話が早くて助かる。……王はおそらく暗殺された。権力のままに剛腕を振るわれた方だ。方々に敵を作っていたのも想像に難くない。ただ……警備を担当していたのは私だ」

「だからどうした。穴があったのであろう」

と、ライラは言うが、エルヴィに守備の基礎を叩《たた》き込《こ》んだのは俺だ。

単独で守る場合、数人で守る場合、十数人で守る場合。どれも、仕掛ける側がやりにくかったり、嫌だと感じるものを教えていた。

「誰にも見つからず、事をやりおおせる者を、私はあまり多く知らない。だから、意見を聞かせてほしい」

ほっとライラが詰めていた息を吐いた。

「そのようなことか。命拾いしたな。こやつを疑っていたら今ごろそなたは塵《ちり》ぞ」

「疑わなかったわけではないが、ロランは無駄な殺しはしない」

「ああ。その通りだ」

エルヴィは俺の目を真《ま》っ直《す》ぐ見て頭を下げた。

「ロラン。力を貸してほしい」


エルヴィと馬を並べ、俺とライラはルーベンス神王国へと向かっていた。

移動時間を短くするため、自宅から王都へ一度転移し、事情を教えたランドルフ王に馬を借り、こうして移動していた。

「堅物娘、ああいうときは、考える時間を与えるものであるぞ」

後ろに乗るライラがエルヴィに苦言を呈する。

力を貸してほしい、と頭を下げたあのときから、エルヴィはそこからテコでも動こうとしなかった。

「正直、ロランしかあてがなかったのだ。断られてしまうと、誰にも真相がわからないまま陛下は暗殺されたことになる」

「まったく。頼りになるのはわかるが、まずは自力でどうにかするのが道理。まったくである」

「この件に関して、私にできることは、一番頼りになる男に対し、愚直に頭を下げて懇願することだけだ」

「ロジェとはまた違うタイプの頭の固い娘であるな」

「昔からこうだ。柔軟性を求めても無駄だぞ」

「ロラン、聞こえているぞ。性分なのだ。変えようもないだろう」

こんなふうに、俺たちは会話を交わしながら、ルーベンス神王国へと急いだ。


馬を休めるための休憩をいくつかと、町で宿を取ることを二度繰り返し、ようやくルーベンス神王国の王都、ウイガルへとやってきた。

何度か訪れたことがあるが、戦争を経験したというのに、当時とそれほど変わりがないように見える。

「どのような国なのだ？」

「……険峻《けんしゅん》な山が多く、そこから流れる川の数もまた多い。国土の四割ほどは山だったはずだ」

俺の説明をエルヴィが継いだ。

「その通りだ。フェリンドに比べれば国土は小さいが、国の東側は海に面していて、交易も盛んだ。川を使って物資の運搬も行われていることもあり、造船、操船技術は世界随一と言えるだろう」

船頭が水属性や風属性系の魔法を覚えたりするのも、この国ならではだろう。追い風を起こしたり、水流をほんの少し操作したり、船をより速く動かすための魔法や技術を覚えることに余念がない。

「ほう。河川で物資の運搬か。なかなか工夫しておるのだな」

「国土が比較的小さいおかげで、東端の海産物をより早く届けることもできる。この王都でも、新鮮な海産物を口にできる」

「新鮮な、海産物……！」

ライラが喉《のど》を小さく鳴らした。

水賊、海賊については、かなり厳しく取り締まられているようで、ほとんど見ないと聞く。

隊商で輸送すれば、護衛にコストを割く必要があるが、船での輸送となればそれも不要だった。

エルヴィには、ライラのことをただの同居人として説明している。

納得したのかはわからないが、そのことについて詮索《せんさく》をしようとはしなかった。

「ロラン。頼んでおいてアレだが、仕事のほうはいいのか？」

「問題ない。ここまでの休憩中や宿に着いてから、しばらくいなかっただろう」

「ああ。それが？」

「『ゲート』でジャンプして、ギルドで仕事をこなしていた」

「や、休んでいたのではなかったのか」

「急に休ませてくれと言って、通る話でもない。詳細を聞かせるわけにもいかないしな」

申し訳なさそうにエルヴィは肩を落とした。

俺はその背を小さく叩いた。

「気にするな」

「しかし、アイリスは余程そなたに甘いらしい。一日たったの三、四時間など……魔王じ……妾《わらわ》の職場ならあり得ぬ。即刻叩き出したであろう」

「給料はその分カットしていいと伝えてある。甘くされているつもりもない」

ふうん、とライラは鼻を鳴らし、エルヴィは感心したようにうなずいている。

「働く、というのは、大変なのだな」

「お互い様だろう。おまえがいなくて大丈夫なのか。王族たちは」

「浮足立ってはおられたが……何度も襲撃をしてくるとは思えなかった。留守を任せた部下たちも優秀だ。それに、ロランを連れてくるほうが私には重要だった」

この国の貴族であるエルヴィは、王都から南西の町を領地としている。

王都には、その一族が過ごすための屋敷があり、今はそこで暮らしているという。

屋敷の厩《うまや》に馬を預けようとすると、馬番らしき少年が綺麗《きれい》なお辞儀をした。

「お嬢様、お帰りなさいませ」

労うように馬の首筋を撫《な》でて、エルヴィに代わって手綱《たづな》を引いた。俺の馬も同じようにして手綱を握ってくれた。

「お嬢様はやめろと言っているだろう」

「ですが、いつもは……」

「来客時にその呼び方はするなと――」

第三者の前でお嬢様と呼ばれるのは恥ずかしいらしい。

ライラも思い当たる節があるのか、うむうむ、わかるわかる、と言いたげにうなずいている。

その少年は、俺と美女の二人を不思議そうに見ていた。ライラと目が合ったようで、顔を赤くしていた。

「おほん。……今日はゆっくりと休んでくれ――と本来なら言いたいところだが、当時のことを図面を使って説明したい」

「構わない」

「助かる」

厩から一秒でも早く立ち去りたそうなエルヴィは、早足で屋敷の門へと歩く。

ライラがちらっと振り返ると、少年は小さく手を振っていた。

「妾も罪な女だ」

「それはそうだろう。大罪を犯しているからな」

ふふふ、と楽しそうに笑った。

門をくぐり、左右対称の中庭を進む。

屋敷の扉前では女性の使用人二人が丁寧にお辞儀をし、やはり「お嬢様お帰りなさいませ」と声をそろえた。

少年のとき同様に、顔を赤くしながらエルヴィは呼び名を改めるように二人に伝えていた。

「妾は気にせぬ」

「ああ、俺もだ、お嬢様」

「や、やめろ。私をからかうな」

複雑そうな表情で、エルヴィはまだほんのり赤い頬をかいた。

客室に案内され、しばらくするとエルヴィが筒状の紙をひとつ持ってやってきた。

あれが王城の詳細な内部図なのだろう。

「これを持っているのはごくごく一部なのだが……」

何か言いたげに、エルヴィはライラをちらりと見る。

「よい。見たところで覚えられはせぬ。構わぬ。進めよ」

大仰に両手をさし向けて、ライラは会話を促した。

こそっとエルヴィが声を潜めた。

「なぜ彼女はこうも偉そうなのだ？」

「さる国の王族に連なるとされるご令嬢だからだ」

「……なるほど」

納得してもらえた。

本当のことは言っていないが、嘘《うそ》も言っていないから問題ないだろう。

「なぜそのようなお方がおまえと同居を……」

「色々ある」

「……アルメリアが言っていたが、しぇあはうす、というやつをしている、と。それは、あれなのだな？　変な関係ではない、ということなのだな？」

「変な関係とは？」

ライラ自身の詮索はしないが、俺との関係には興味があるらしい。

「そ、それはその……」

「この処女に言ってやればよい。淫《みだ》らな関係だとな」

「ろ、ロラン～～～！　おまえというやつは――――！」

顔を真《ま》っ赤《か》にしたエルヴィがすっくと立ちあがった。

「エルヴィ、落ち着け。そこのご令嬢がからかっただけだ」

まあ、淫らな関係でも間違いではないが。

「おまえが、女たらしなのは知っている」

「それは正確ではない。寄ってくるだけだ」

「私からすれば同じだ！　……そういう部分も変わらないな」

この一連のやりとりが懐かしくなったのか、頬をゆるめてふっと笑った。

「本題だ」

筒状に丸められた内部図を広げて、エルヴィはその日、最後にルーベンス王……名前はメフィス二世というそうだ――を見てから殺されるまでの警備状況を教えてくれた。

ライラは遠慮なく使用人を呼びつけ、酒を持ってくるように、と言いつけていた。

「警備を指揮、手配していたのは私だ。何か穴はあるだろうか」

「穴はない。最低限の人数で、互いの死角を潰《つぶ》しあえる配置でもある」

「では……」

「もし俺が暗殺者なら――」

図面を指でなぞり、解説をしながら紙の上にいる『暗殺者』を進めていく。

話を聞くと、誰《だれ》も目撃していないという。標的以外誰も殺さない、という理想的な綺麗な暗殺だった。

「……」

説明しているうちに、俺は違和感を覚えた。

「なるほど……おまえならそういうふうにできるのか」

「……」

おかしい。

俺ならできる。

俺ならな。

だが、それは『俺』が『影が薄い』スキルを使うという前提での暗殺だ。

認識阻害系のスキルを使われたとしても、エルヴィが指揮した布陣に穴はない。そこらへんの暗殺者が、誰にも見つからず、護衛を誰も殺さず――というのは不可能に近い。

当たりとされるレアスキル持ちが悪事に手を染める場合。

暗殺という仕事は選ばない。多いのは盗みだ。

透明になれるのであれば、色々な人間から金を盗めばいい。人や物に変装、擬態できる場合でも同じことが言える。

そういった者たちの中で好き好んで人を殺すという輩《やから》は驚くほど少ない。

そして、そういう性分なら暗殺という仕事には向かない。

だから、エルヴィの話だけを聞くと、真っ先に疑われてもおかしくはなかった。

「……俺なのか？」

そうとしか思えなかった。


「ロラン、起きてくれ」

ぱちりと目を開けると、そこにはエルヴィがいた。

「どうした」

部屋の中は薄暗い。目蓋《まぶた》の重さからして、夜が明けてしばらく経《た》った頃《ころ》だろう。

ライラは隣のベッドで寝ている。

『そなたの家の酒だ。どうしてそなたが吞《の》まぬ！』

などと意味不明な理屈を並べたライラは、グラスを押しつけて、エルヴィに酒を吞まそうとしていたが、

『断る。明日は仕事がある』

と、一蹴《いっしゅう》された。

その代わりに、俺が潰れるまでつき合うことになった。おそらく今日目が覚めても、頭痛だの気分が悪いだのといって、一日中体調不良だろう。

一緒のベッドで寝ていたライラを移動させておいて正解だった。

「朝の鍛錬だ。見てほしい」

「いいだろう」

寝間着から着替える間、エルヴィはじっと待っていた。

「その腕……アルメリアを守るためだと聞いた。余程の相手だったのか?」

「ああ」

その一言で何かを察したのか、エルヴィはそれ以上は訊かなかった。

部屋をあとにすると、いつも鍛錬をしているという裏庭へやってきて、エルヴィが立てかけてある木剣をひとつ手に取った。

素振りをはじめると、すぐに息が上がった。

「いい振りだ。一振り一振りが、本気のそれだ」

「おまえに——」

ビュン、と小気味よく空気を切るいい音がした。

「言われたからな。——実戦のための鍛錬であるなら、実戦通り全力で振れ」

「よく覚えているな」

実直で真面目《まじめ》なエルヴィの性格は、剣の振りによく表れていた。

毎日欠かすことなく振り続けているのがわかる。

「ギルド職員というのは……その……怪我《けが》を負っていても雇い続けてくれるものなのか」

「そうだな。今のところは、業務に支障は出ていないはずだ」

「そうか。……も、もし、辞めることになったときは、我がヘイデンス家を頼ってほしい」

「その予定はないが……もしものときはそうさせてもらおう」

「あ、ああ。そうするといい」

朝日が高く昇りはじめ、大きく息をついたエルヴィが、そこで鍛練をやめた。

やってきた女性の使用人からタオルを受け取り、汗を拭《ふ》く。

「私は風呂《ふろ》へ行く。朝食は用意させているから、この者に案内させよう。……あとを頼む」

「はい、お嬢様」

「だから、お嬢様と呼ぶなと――」

くすくす、と使用人は笑う。

アルメリアは、お嬢様であることに違いはないが、王女様、殿下、勇者様など、そちらの名で呼ばれることが多い。アルメリアもお嬢様と呼ばれると恥ずかしいのだろうか。

「こちらへどうぞ」と使用人が廊下を先導するように歩き出し、俺もあとを追った。

気になるのか、ちらちらとこちらを盗み見る。

「何か？」

「あ。……不躾《ぶしつけ》で申し訳ありません。あのロラン様だと思うと、つい。お嬢様から色々とお話はお伺いしておりますから」

「そうでしたか。僕のことをどんなふうに話していたんです？」

「大まかに言いますと、命の恩人や、武術の先生だったり……ふふふ。これ以上は申し上げられません」

エルヴィは、色々な人間に愛され慕われているようだった。


朝食後は、エルヴィと王城へと向かった。

「まだ陛下がお亡くなりになったことは城内でもごく一部の人間しか知らない」

「わかった。不用意な発言は控えよう」

「頼む」

登城すると、部下の近衛兵たちが集まる一室に顔を出し、夜通し警備を続ける近衛兵たちと交代を命じる。

エルヴィが統率するだけあって、行動はキビキビとしていて無駄がなかった。

とくに紹介もしなかったせいか、俺のことを奇異の目で見る者もいたが、これといった質問はなかった。

「隊長、このあとは、会議室で上級官以上が揃《そろ》っての話し合いがあるそうで……集合するように、と」

副隊長らしき男が、エルヴィに告げた。

「わかった。言伝をありがとう」

一礼をし、彼は部屋を出ていった。

俺たちも近衛兵の詰め所とされる部屋を出ていき、その会議室へ向かった。

「ロランも出てくれると助かる」

「有識者として、何かあれば意見しよう」

「建設的な話し合いになればいいが」と苦笑しながらエルヴィは言う。

「今日でもう三度目。会議とは名ばかりの派閥争いだ。幾人かいる王子の誰《だれ》が跡目を継ぐのか、誰についていけば自分の利益は守られるか――そういう見栄と権力と利益の話し合いだ」

うんざりするようにため息をついた。

「どこでも既得権益の考えることは同じらしいな」

まったくだ、とエルヴィはつまらなそうにこぼした。

会議室に入ると、すでに席は一席を残して埋まっていた。

武官、文官らしき二〇名ほどが、一斉にこちらに視線を送った。

「お待たせして申し訳ありません」

「ヘイデンス隊長。彼は？」

口髭《くちひげ》の文官らしき男が質問を代弁したように尋ねた。

「彼は、暗殺やスキルについて非常に詳しく、勇者も一目置く……えー。ギルド職員です」

ふっ、と失笑にも似た空気が室内の方々から漏れた。

俺は小さく一礼し、エルヴィが席に着くと、先ほどの文官が代表するように言った。

「……ヘイデンス隊長。陛下の護衛の任を負っていたにもかかわらず、最悪の結果を迎えてしまった。これについて、どう思われる」

「それは……」

責任の在処《ありか》を問うのは当然の流れと言えた。

「もちろん、何かしらの処分や処罰は受けるつもりでいます。ただ、それはこのようなことが二度と起きないための対策を作ったあとです」

「――勇者パーティの実績も栄光も地に落ちたな」

小馬鹿にするように、誰かがつぶやいた。

「侯爵家の名に泥がついてしまったな」

聞こえよがしに飛んでくる嫌みに、エルヴィは唇を噛《か》みしめて耐えていた。

「ヘイデンス隊長、何か申し開きは？」

「……ありません」

真面目で愚直なほど真《ま》っ直《す》ぐな彼女には、蹴落《けお》とし、足を引っ張り合う権力闘争の場は、適当ではない。

「新王がご即位されて、また同じことが起きないとも限らない。ここは大人しく身を引くべきでは？」

何か発言しようとしたエルヴィの肩を叩《たた》いた。

おそらくエルヴィのいない間に、解任の線で話を進めていたんだろう。

放っておけば、エルヴィは何も反論せず、唯々諾々と従うだけだ。

「たしかに、責任はエルヴィにありますが――」

俺が口を開けると、嫌悪感を伴った視線が飛んでくる。

予定調和で進みそうな会議に、水を差されるのがそんなに嫌だったか？

エルヴィは侯爵家の娘。

そんな彼女が近衛《このえ》隊長を解任されるとなると、美味《おい》しい蜜《みつ》が吸えると考えた輩《やから》は何人もいるはずだ。

「不備は何らありませんでした。これは、誰が警備の指揮を執ったとしても同じだったでしょう」

「おい、ロラン……」

俺を振り仰ぐエルヴィには構わず、話を進めた。

「フィガロン城防衛戦のことはご存じですか？　――勇者パーティが包囲を突破し陥落寸前のフィガロン城を守った戦いです」

ちなみに俺はそのとき、敵軍指揮官の暗殺準備に入っていたので、別行動中だった。

「城内に残っていたのは一〇〇名ほどで、一万ほどの敵軍の波状攻撃に二日耐えた。そのとき、防衛の指揮を執ったのがエルヴィです」

「そんなことと今回の件は無関係だろう！」

怒号が響くと、ごもっともです、とでも言いたそうに、エルヴィがうつむいた。

この様子では、内心完全に白旗を振っているな。

「フィガロン城内部とこの王城内は作りが酷似しています。いずれもホールトン様式という山上によく作られるタイプの城です。籠城戦の守備と要人警護では多少勝手は違いますが、城を守り抜いたエルヴィが、今回失敗するとは思えません」

援護を得たエルヴィが、二度たしかにうなずいた。

「今回は、フィガロン城と同様の人員配置でした」

控えめに主張すると、妙な空気が流れた。

目で会話をするそれは、想定外の事態に困惑するものだった。

「だとしても、守れていないのが事実だ！」

「そうだ！　護衛がしっかりしておらぬせいだろう！」

水を得た魚のように、口々に喚《わめ》きはじめた。

「ではなんだ。貴公が陛下を手にかけたとでも――？」

「侯爵家の王国乗っ取りか？」

ハハハハ、と品のない笑い声が響いた。

さすがにこれは看過できない。

「侮辱するのもいい加減にしろ！」

少し大声を出すと、半数が椅子から転げ落ちた。

「ロラン……」

言い返せばいいものを、守れなかった、という事実を盾にされては、何も言えないんだろう。

「国王暗殺の責任の一端ではあるが、すべてではない。いい大人が小娘相手に示し合わせたように魔女裁判か？　――恥を知れ」

思わず滲《にじ》んでしまった殺気を恐れているのか、誰も何も言わない。

「そういった仕事を生業《なりわい》にする特殊な人間だっている。自分たちの『常識』だけで常識を語るのはやめてもらおうか」

実演してみせたほうが早いか。

スキル発動――。

数人の眼鏡《めがね》を奪い、反対の壁際に立って見せた。

「こんなふうに、スキル次第では無意識のうちに悪さができる者だっている」

おぉぉぉ……と畏怖《いふ》にも似た感嘆の声が漏れ聞こえ、恐れに染まった弱々しい視線が向けられた。

「するべきは責任の追及ではなく、どう対策するかでしょう。もっと建設的な話し合いをしませんか？」

俺はそう言って、眼鏡を返しながら元の位置に戻った。

◆ライラ◆

「頭いた……」

うっすらと覚えた吐き気と、続いて襲ってきた頭痛のせいで、ライラの目覚めは最悪と言えた。

「気持ち悪い……」

また寝てしまおうかと思ったが、気分の悪さが先に立ち、寝るに寝られない。

カーテンが開けられた室内は日光がよく入り、寝起きのライラには非常に眩《まぶ》しいものだった。

いつの間にか、もう昼を過ぎようとしているらしい。

「……」

隣のベッドにロランはいない。

大抵飲み過ぎた日の翌日、ロランはどこかへ行ってしまう。外出するにしても体調不良でどこへも行けないとわかっているからだろう。

だが、世話を焼いてもらうつもりだったライラには、それが少しだけ寂しかった。

「どこへ行ったのだ……?」

ベッドのそばにあるサイドボードの上にあった水差しとグラスに気づき、水を一杯飲んだ。

「背をさすってもくれぬ……膝枕《ひざまくら》もしてくれぬ……なんと冷たい男か……。猫のように可愛《かわい》がってくれればよいものを……忙しい男め……」

そうぼやいて、客室を出ていく。

通りがかった使用人に話を聞くと、早朝からエルヴィとともに王城へ向かったという。

「夕方か夜まではお戻りになられないかと」

礼を言って、ライラはまた寝ることにした。

「ん？」

客室に戻る途中、ロランの姿が見えた。こちらに気づく様子はなく、客室の扉をそっと開けて、中を確認すると、踵《きびす》を返した。

「戻っておったのか？」

「……ああ」

あの堅物娘の姿が見えないが、どこかで別れたのだろう。

「それで。事件について何かわかったのか？」

「事件？」

「うむ。……この国の王が暗殺されたアレだ」

声を潜めて言うと、フッとロランが笑った。見かけてからずっと、ライラは違和感を覚えていた。

その正体が何なのか、探しているが判然としない。

「わかったも何も……俺がその張本人だからな」

「む？　それはどういう――」

視界から瞬時に姿が消える。

次に声がしたのは背中からだった。

「これが……魔王か」

「ッ！」

距離を取ろうにも、二日酔《ふつかよ》いの体はまったく言うことを聞いてくれない。

魔法を発動させようにも同じことだった。

軽い衝撃を首筋に受けたライラの意識が遠のいた。

右腕がある——違和感の正体はそれだ。

10　右腕

「ロラン、礼を言わせてほしい」

会議室を出ると、まだお歴々がいるところでエルヴィは頭を下げた。

「ひと目がある。やめろ」

下げた頭を持ち上げようと、両手で頬を挟んだ。

「ひゃが、わらひは、こころからの、へいを」

頬を挟んでいるせいで、何を言っているのかわからないな。

白い頬から手を離した。

「おまえの未熟さが招いた事件だとしても……」

会議室から出ていく上級官たちは、それとなく俺たちのやりとりを気にしているようだった。

俺はエルヴィの腕を取り、すぐそばの角を曲がった。

「いいか。想定外のことは起きる。護衛が責任を感じるのはもっともなことだが、一身に背負う必要はない」

「……」

エルヴィが泣きそうになっていた。

「何だ」

「私は……ずっと、私一人が悪いのだと思っていて……そんなふうに誰《だれ》も、言ってくれなくて」

「わかった、わかった。泣くな、面倒くさい」

「お、おまえはいつもそうやって冷たく突き放す！　優しくしてくれたと思ったら！」

俺を突き飛ばそうと伸ばした手を、ぺしっとはたく。

「いたっ」

「あいつらは、おまえ一人に責任を押しつけたいんだろう。エルヴィ個人というより、侯爵家の娘で、勇者パーティの一員として幅を利かせている近衛《このえ》隊長様にな。常日頃《つねひごろ》おまえのことを邪魔だと思っていた連中からすると、願ってもない事件が起きた、というだけのことだ」

「なんと卑劣な……」

「やつらにエサを与えてしまったのは、もう一度言うが、おまえの未熟さが招いたことでもある」

「何度も言うな……イジけるぞ……」

アルメリアもそうだが、エルヴィも精神的な脆《もろ》さがある。温室育ちのご令嬢二人には、矢面に立って糾弾されるのはとても辛いことのようだ。

会議は、エルヴィを魔女裁判にかけるものから、がらりと方向転換をし、跡継ぎはどの王子になるのか、という結論の出ない話し合いに終始した。

誰も彼も、我が身が可愛くて仕方ないようだった。

「エルヴィ指揮の防衛布陣をかいくぐるとなると、相当危険な襲撃者のはずなんだが」

誰も犯人について言及しなかった。その件に触れなかったあたり、国王暗殺はエルヴィを責めるための材料でしかなかったようだ。

「フェリンド王国も、あのような上級官たちばかりなのだろうか」

「わからない。多かれ少なかれ、あの手の輩《やから》はいるだろうが」

エルヴィは通常業務に戻るから、と言って、俺に屋敷で待っているように伝えた。

「よ、夜はそれほど遅くならない！　夕飯……一緒に……」

「ああ。わかった。それまで自由にさせてもらう」

「う、うむ。絶対だぞ？」

わかった、と軽く手を振って、俺は王城をあとにし、寝起きした屋敷へと帰った。


「ライラ」

客室を覗《のぞ》くと、誰もいなかった。

「……」

水を飲んだらしく、使われたコップが水差しと一緒にサイドボードに置いてある。

二日酔いで動けないと思ったが、そうではないらしい。

大方、ふらふらと町をうろついているのだろう。

客室を出て使用人に訊《き》いても、わからないらしい。

「お戻りになられたときに、廊下でお話をしているのなら見かけましたよ」

「お戻りに？　ですか？　誰が」

「ロラン様……ですが……」

「僕が、ですか？」

はい、と不思議そうに使用人はうなずいた。

「……」

俺は今朝《けさ》ここを出てから先ほどまでエルヴィとずっと一緒だった。

その俺似の誰かがライラと接触をした。

客室に戻り、ライラが寝ていたベッドに手を入れる。

「……まだぬるい」

それほど時間は経《た》っていない。

王都の町をそっくりさんと観光しているとは思えない。ライラは勘がいい。俺ではないことにすぐに気づくはずだ。魔法やスキルで顔を変えていたとしたならなおのこと。

闘争の気配がないことから、気づかせる間もなく、どこかへ連れ去ったか？

「だがどこへ……」

コンコン、と窓の外にライラの『シャドウ』がいた。

こいつがここにいるということは――。

窓を開けて、中に『シャドウ』を入れると、ライラの声がした。

『ずいぶんと丁寧なもてなしであるな。このようなことをして、妾《わらわ》を捕らえたつもりか？』

『捕らえたつもりはない。自由にくつろいでくれ』

……俺の声だ。

話していないのに自分の声が聞こえるというのは、言いようのない気持ち悪さを覚える。

『そなた、その右腕はどうした』

『どうした、とは？　生まれてから元々あるものだ』

そっくりさんだとしても、さすがに右腕までは徹底できなかったようだ。

『……あのスキル、妾も間近で見るのは久しぶりだが、実に巧みであるな』

『「影が薄い」を目の前で食らって今も生きているのは、ライラ、おまえだけだ』

『影が薄い』は、人によって呼び方は様々だ。

俺の場合は、エイミーが適当に名付けてそう呼びはじめたのがきっかけだった。

他人が同系統のスキルをまったく同じ呼称にするとは思えない。

ライラが久しぶり、と言っていたことから、やはり俺の『影が薄い』に酷似するスキルであるようだ。

敵の情報を集めれば集めるほど、俺個人だと特定されていく。

「やはり、『俺』なのか？」

右腕……。

ライラが孫の手として使っていた、あの手――。

あれは今どこにある？

「キィ、キィ」

『シャドウ』が明後日《あさって》の方角を指差す。

居場所を指しているのだろう。

俺は『シャドウ』を肩に乗せ、屋敷を飛び出した。

黄昏《たそがれ》時の町を『シャドウ』の案内に従って走る。

曲がり角に差し掛かると、金属が擦れるような声を上げて指を差した。

「……」

ライラに危害を加える気はないらしいが、一体何が目的なのだろう。

誘拐犯が『俺』だとすると、やはりルーベンス王を暗殺したものおそらく――。

『シャドウ』が指差したのは二階建ての廃墟《はいきょ》だった。王城やエルヴィの屋敷からずいぶん離れた郊外にあった。

仕事を終えたと言わんとする『シャドウ』は、ふっと姿を消した。

少し前エイミーと戦ったとき、ずいぶんな強敵だと思ったが、早速同等の力を持つ誰かと戦うことになるとは、わからないものだな。

『俺』なのか、俺を模した何かなのか――手合わせすればすぐにわかるだろう。

到着を察したような雰囲気が廃墟から漂っている。気配を消したところで大した意味はないだろう。

ライラが丁寧なもてなし、と言っていたが、あれはどうやら皮肉だったらしい。

軋《きし》む扉を開けて中に入ると、二〇人ほどが集まっても窮屈でないほどの広間らしき場所に出た。

階段は腐って落ちており、下から見上げると二階の様子がわかった。

「来たか」

すっと、奥の物陰から男が姿を現した。

黒髪黒目に、切れ長の瞳《ひとみ》。細身の体型ではあるが、能力を最大限に活《い》かすであろう筋肉があるのがわかる。

鏡でよく見る『俺』そのままだった。

違いがあるなら、右腕の有無だろう。

「ライラをさらってどうする気だ？」

「あいつは、奥の部屋で寝ている。二日酔《ふつかよ》いらしいからな。危害は加えていない。安心してくれ」

「おまえは何者だ」

「見てわかるだろう。俺はおまえだ」

「チッ」

そんなこと――。

「見ればわかる、とでも言いたげだな」

フン、と皮肉げに笑った。

「次は、そういう意味ではない、か？」

「察しがいいクセに頭は悪いらしい。わかるならさっさと答えろ。右腕から体が生えたなんてことはないだろう、さすがに」

半分冗談で言うと、『俺』は目を丸くした。

「……これは少し驚いた。さすがと言うべきか」

「冗談だろ？」

今度は俺が意表を突《つ》かれる番だった。

「どこまでやれるのか――本人《オリジナル》と相対するのが一番だと思ってな」

便宜上、偽者の『ニセ』と呼ぶことにしよう。

ニセはガラクタの中から錆《さ》びたナイフを手に取り、空中に放って掴《つか》む。それを二度繰り返した。

「おまえの腕試しに付き合わされる身にもなってもらいたいものだ。劣化コピー」

「負けたほうがそう呼ばれることになる。どちらがその名を背負うか、すぐにわかるだろう。ギルド職員としても、勇者パーティとしても、暗殺者としても、上手《うま》くやるから安心すればいい」

誰《だれ》がどうして俺の腕を持ち去ったのかはわからない。

だが、ニセは俺になり代わるつもりでいるようだ。

「代わりにライラを可愛がるのも俺だ」

「生まれて間もない赤子にしてはよくしゃべる」

無言になると、空気が張り詰めた。

エイミー並みの重圧だ。

気を抜けば尻《しり》もちをついてしまうかもしれない。

さすがは『俺』とでも言っておこう。

スキル発動――。

だが、タイミングが被った。

見失った。

同じようにニセも見失っていた。

初手はお互いに立ち位置を入れ替えるだけの結果となった。

だが……俺にあってニセにないものがあるとわかる。

おまえはそれに気づけたか？

「……」

無言のまま錆びたナイフを構えるニセ。

俺が左手を差し向け、中指を自分のほうへクイクイと二度折る。

すると、鼻で笑われた。

さすがに挑発には乗らないか。

挑発、視線の向き、左右の足にかけた体重の比率――フェイントをかけ出方を窺《うかが》う。それは奴《やつ》も同じだった。

虚々実々の応酬に、今のところ動かないことが最大の攻撃となっていた。

戦闘スタイルが噛《か》み合い過ぎているせいだろうか。

ここまでついてこられる敵にはじめて出会ったことが、なぜか嬉《うれ》しく感じられた。

改めて廃墟内部を観察し、フロアのおおよそを把握した。

「腕から元の体が生えるというのは、新しい技術か何かか？」

「おしゃべりでもしたくなったか？　俺なら質問に答えないことくらいわかるだろう」

「そうだな」

吸血族のワワークが術式言語で魔力を制御、増幅させたりしているのだ。

人間や魔族が知らない技術というのは、まだたくさんあるのだろう。

問題は、そんな技術がどこにあり、誰が何のために運用しているかだ。

どれくらいこうして対峙《たいじ》しているのだろう。

一分ほどのような気もするし、一時間近くそうしていたような気もする。

「これは提案なんだが」

ニセが改まったように言った。

「スキルを使うのはやめないか？　いつまで経《た》ってもケリがつかない」

……そうくるか。

「いいだろう。乗った。俺もおまえも『影が薄い』は使わない」

俺が了承した瞬間だった。

お互いに動き出す。

俺は半ばほどで折れていた棒を拾い、ニセが鋭く刺突したナイフを棒で軌道を変えた。

左右から繰り出される攻撃に、俺は防戦一方となった。

腕一本と二本。子供でもわかる理屈――。やはり手数で押すか。

致命傷を避ける防御と切れ味の悪いナイフのおかげで、大したダメージはない。

もし使うなら、ここ一番の瞬間――！

ナイフで棒が弾かれた。

ふっと眼前からニセの姿が消えた。

『影が薄い』スキルを使われたことはすぐにわかった。

スキルを使わない約束など、反故《ほご》にして当然。

俺はそんなお行儀のいい戦いをしてきたわけではない。

卑劣こそ正攻法――。

確実に殺せる瞬間を狙《ねら》って使用するだろう、と踏んでいたが正解だった。

音も気配も何もないが、全身の力を込めた回し蹴《げ》りを背後に見舞う。まだ誰もいないが、ここに来てくれる――そんな信用だけはあった。

直撃する寸前にかすかに姿を視認した。

やはりな。

ドゴンッ、と重い手応《てごた》えとともに、数メートルニセが吹き飛び、受け身を取った。

先に仕掛けたおまえの負けだ。

弾かれた棒を掴み、一直線にニセとの距離を詰める。

俺がスキル使用禁止を反故にすることくらい、奴にもわかっていた。そして、自分から破った今、俺が使用をためらう必要はどこにもない。

だからこそ、迷う――。

眼前にいる俺がいつ消えるのか。そうすれば自分の攻撃プランとまったく同じで、使用後は背後から攻撃するのか――。

ほんの少しスキルに気を取られたコンマ一秒以下の時間を、俺は見逃さなかった。

ニセの眼前からは消えない。スキルは使わない。

正面から仕掛ける。

まだ半信半疑のニセは、わずかに反応が遅れた。

だが、『俺』たちの技術経験能力なら、正面からの攻撃なんて余裕で防げる。

――とでも思っているだろう。

おまえは知らないだろうが、腕一本というのは、意外と重い。奴に比べその分俺は身軽だった。

敵が防御に入るまでのごくわずかな時間に、ただの棒きれを胸に突き立てた。

その数百グラムの差で、想定外の十数センチを生んだ。

「っ……!?」

気づかなかっただろうが、初手のスキルを使って不発に終わった攻撃では、かすかに俺のほうが静止するのが早かった。

もし両腕があったのなら、正面攻撃は簡単に防がれていただろう。

呻《うめ》きをもらしたニセは、顔を歪《ゆが》めるとスキルを発動させ視界から消えた。

「……」

まさか比喩《ひゆ》でも何でもなく、自分と戦うことになるとはな。

小さく息を吐いて、ライラがいるとされる奥の部屋を覗《のぞ》いた。

ライラは白い顔色でぐったりとしている。

座っていたであろう椅子に突っ伏すように、ぼそりとつぶやいた。

「あ、頭いたい……」

『シャドウ』を出し、俺の下まで送り、敵が誰《だれ》なのかヒントになる会話をし続けたことを褒めようと思ったらこれだ。

「気持ち悪い……」

「おい、ライラ」

しゃがみ込み、視界に入ると、びくっと肩をすくませた。

「見ろ、隻腕のほうの俺だ」

「貴様殿であったか……ややこしい……」

「ああ。本当にそうだな」

肩を貸そうとしたが、自力で立てないと言うので、背におぶることにした。

「揺らすな、揺らすな……」

という文句も今日は力がない。

「ライラ、あいつが何者なのかわかるか？」

「わからぬ……。分身を作る魔法が魔族にないわけではないが、術者が発動させる必要がある。そなたはそのようなことはしておらぬであろう」

「そんな魔法があるというのも初耳だ」

「うむ。であれば、皆目見当がつかぬ」

「間違いなく国王殺しはあいつの仕業だ。そしてこの国にやってきたおまえをさらい、俺と対峙した」

「……偽者はどこへ行った？」

「俺に棒きれを胸に刺されどこかへ消えた」

「そなたは、自分ですら容赦ないのだな。物理的にも精神的にも」

「何を言う。自分だからこそ容赦しないんだろ。口ぶりからして、俺になり代わろうとしているふうだった。だとすると、国王殺し自体が、俺たちを呼び寄せる罠《わな》だった……」

「そう考えるのが自然であろう。回りくどいことをせず、直接家にやってくればよいものを」

それは俺も考えていた。

俺を殺し、正式に俺になりたいのであれば、わざわざルーベンス王を手にかける必要はない。

「なぜだと思う？」

「うむう……腕試しとするのなら妥当か」

「ニセが、自身の性能を試すために？」

「うってつけであろう。国王など、そう簡単に暗殺できるものではない。その点は、さすが伝説の暗殺者と言ったところか。そしてそれを聞きつけた貴様殿がやってくる――という流れだ」

「さすが、俺……と、実力を誇ってもいいが、事が大きすぎる」

「このことが内外に漏れれば」

「国王殺しの大罪人とされるだろうな」

事件を収めるには、ニセを密《ひそ》かに殺すのではなく、捕らえてエルヴィに突き出す必要がある。

「いよいよ妾とともに魔界に行くことになるかもしれぬな？」

後ろから聞こえる声はどこか楽しげだった。

「犯人が『俺』だとバレればな」

捕らえるとして、今回のように上手《うま》くいかないだろう。

俺は『俺』を過不足なく評価している。

片腕の攻撃速度も次は計算に入れるはずだから、同じ手は使えない。

「捕らえられるか？」

「わからない。だが……」

捕らえるのは殺すよりも難しい。

実力伯仲の相手に、そんな加減はできない。

そんなことをしていれば、次は俺が負ける番だ。

「あてがないわけではない」

「ふふふ。妾には、そなたの考えが手に取るようにわかる」

俺の考えを読むのは簡単だ。

「今のところ、手はそれしかないからな」

ライラがぎゅっと首に腕を回した。

「身分も名も伏せ、そなたとともに世界中を旅する生活も悪くはないが」

「悪くはないが……何だ？」

「妾は、あの家を気に入っておる」

「それはよかった」

「励むがよい」

「仰せのままに」

俺が冗談めかして言うと、からからとライラは笑った。


おぶったライラは、エルヴィの屋敷に帰るころにはずいぶんと調子を取り戻していた。

「どこに行ったのか心配したぞ」

使用人たちに何も言わず出ていったせいで、エルヴィは俺たちのことをずいぶん捜したようだった。

「すまない。緊急事態でな」

「緊急事態？」

「話はあとにせよ。まずは夕食である」

それもそうか、と納得したエルヴィとともに食堂で食事をする。それが済むと俺とライラの客室にエルヴィを招き、今日あった出来事を話した。

「……ロランが、二人？　そんな……」

不審そうにエルヴィは目を細めた。

「馬鹿な、と思うだろうが、事実だ。容姿、戦闘中の思考回路、スキルも動きもそのまま俺だ」

「たしかに偽者だとして、ロランの能力なら私の警備をすり抜け陛下を暗殺することもできる、か……」

顎《あご》に手をやって、エルヴィは小難しそうに顔をしかめた。

「ロラン、どうする気だ。この件が明るみになれば、偽者だとしてもおまえは」

「わかっている。だから何が何でも俺はあいつを捕らえなければならない。偽者は俺になり代わるのが目的らしいから、また俺の前に姿を現すだろうが、腕試しで各国の王を殺して回るかもしれない」

くくく、とライラが他人事《ひとごと》のように笑う。

「なんと迷惑な男か」

「暗殺という手段を取れば、きっと誰《だれ》も止められない……くッ、迷惑過ぎる……！」

王城の警備を預かる身としては、これ以上ない難敵と言えるだろう。

「ロラン、どうする気だ？　何か手はあるのか？　今日は追い払えたらしいが、次はどうなるか

「……」

「心配するな。新しい手がある」

「？」

やはりな、という顔のライラと、ぽかんと口を半開きにするエルヴィ。

「少し外出する」

どこへ？　と尋ねるエルヴィには答えず、俺は客室をあとにした。

ライラはついてくるつもりはなく、俺の帰りと答え合わせを楽しみに待つようだ。

屋敷の物陰に『ゲート』を設置し、先日作った別の『ゲート』へとジャンプした。


地下通路を歩き、ワワークの工房へやってきた。

「ワワーク・セイヴ、いるか」

声を上げると工房内ではよく響いた。檻《おり》の中にいる魔物が声に真っ先に反応しギャアギャアと騒いだ。また別の魔物に術式言語を刻み出荷する気らしい。

「やあ。ロラン君」

顔色の悪い吸血族の男が奥から顔を覗かせた。

「右腕が必要になった」

それを聞いたワワークは、したり顔でニヤついた。

「何だかんだ言って、やっぱりほしいんじゃないか」

「今回に限りだ。終われば無くなっても構わない」

「ハハハ。そんなチンケな物を作る気はないよ」

こっちに、と手招きされて、奥へと招かれた。

洞窟《どうくつ》の一部を改造したらしいこの部屋は、色んな書物が山積みになり、丸められた紙くずが転がっていた。ひとつを手に取ると、術式言語らしき文字が羅列されており、そこにいくつもの斜線が引かれていた。

「実は、どうせこうなるだろう、と思って作っておいたよ」

「助かる」

「男の子はやっぱり強くなりたいものだからね」

「……だから、そういうわけではないと」

「わかってる、わかってる。冗談だ。まともに取り合わないでおくれ」

机にあったそれを、ワワークは手にした。

「やはりボクは、身につける道具を開発するのが好きらしくてね。結局この形態に落ち着いたよ」

一見して首輪に見えるが、「腕輪だよ」とワワークは言った。

「これを君の肩口に残った腕に装着すると――」

「腕が生えてくるのか」

「当たらずとも遠からず！　使いこなすためには、訓練が必要だよ」

「概要を教えてくれ」

そうだね、とワワークはうなずいた。

「これは、脳の記憶を司《つかさど》る器官にアクセスし、発現させた魔力を特定の形状に留めることができる」

「もっと簡単に言ってくれ」

「要は、魔力の腕ができる」

「ふうん」

「ここ、驚くところなのに……」

なぜだかワワークはがっかりしていた。

「そのためには、魔力制御を上手《うま》くやる必要があってね。だから訓練が必要なんだ」

試しに、肩口に巻いて輪を締める。激しく動いても取れないようにぎゅっと縛った。

魔力の抑制、制御、増幅を得意としているワワークならではの発想だ。

「ただ魔力を腕輪に流せばいいってわけじゃないよ。腕と同じ機能をさせるための過不足ない魔力が必要だ」

『魔鎧《マギレガス》』でやっていることをもう少し緻密《ちみつ》にやるイメージでいいだろうか。

「やってみるといいよ」

促された俺は、腕輪に魔力を流す。

腕と同じ機能をさせるための、魔力……。

「まあ、ニンゲンどころか、魔族にだって難しいだろうね」

腕輪が淡く光り、血管のような青い管がいく筋も腕輪から伸びる。

二の腕を形成し、肘《ひじ》に至り、手首、そして五指を作った。

「へ……？」

ワワークが目をしばたたかせている。

青い血管で形作られた腕と言えばいいだろうか。魔力を素材としているため、透けてはいるが。

「ふうん」

青い右手がグーパー、グーパーと拳《こぶし》を作っては開くことを繰り返した。

きちんと俺の意思通り動かせる。

筋肉も骨もないため、重みをまるで感じない。

「え……嘘《うそ》。何でできるの？」


新しい腕で何ができるのかを確かめた俺は、すぐに王都ウイガルへと戻った。

敵の狙《ねら》いが俺である以上、ライラやエルヴィのそばにいると巻き込む恐れがあるため、同じ廃墟《はいきょ》でニセを待った。

夜が更《ふ》け、月が傾き始めた頃《ころ》。

ニセは正面からやってきた。

「よくここだとわかったな」

「自分の気配を、俺がわからないはずないだろう」

「それもそうだな」

俺の攻撃は致命傷には至らなかったらしく、見たところ、戦闘に支障はなさそうだった。

例の腕は、魔力を放出することで維持できるため、今は消してある。

敵の虚を突《つ》くいい材料だ。

何度か出したり消したりを繰り返し、スキルと同じ感覚で腕を発現させることができるようになった。

「おまえの目的は何だ？　俺になり代わる……ただそれだけだとは思えない」

「しゃべるはずがないだろう」

腕から体を生成する……そんな技術が可能なら、死者の定義が大幅に変わってくる。

どこかでも同じようなことが起きているのか、それとも俺を選んでそうしたのか。

疑問も興味も尽きないが、どんな拷問を受けても答えはしないだろう。

「おいニセ。今日の戦闘を、おまえ、楽しんでいただろ」

「……わかるか」

「当然だ。俺もだからな」

戦闘スタイルが嚙《か》み合うと、自分の長所を活《い》かした攻撃を互いにする。

それを何度もだ。

互いの長所をいかに消すか、という戦いをすることもあるせいか、自分の最高の攻撃を繰り出すことに集中できるのは、比較的精神が昂《たかぶ》る。

ニセは、あらかじめ用意していたらしいナイフを懐から取り出した。

見たところ安物だが、『俺』たちの技量ならそれで十分だろう。

「待っていたくせに、手ぶらなのか？」

「俺自身が最高の武器であることに変わりはない。道具は、場所も得物《えもの》も選ばない」

「すぐ後悔することになる」

俺はふっと笑った。

俺に対して同じセリフを言った人間が何人もいる。

無造作に構えたニセが、スキルを発動させる。

それがわかるや否や、俺も『影が薄い』を発動させた。

俺たちのスキル自体は、相性が悪い。結局、前回同様相殺されるだけとなった。

スキル無しで接近し、ニセはナイフを振るう。

室内に銀色の軌跡が色濃く残った。

鼻先でそれをかわすと、敵のもう片方の手が別のナイフを握っていた。

やはり手数で押す気か。

二本のナイフをかわしながら、隙を見て足技攻撃を仕掛ける。

これは防がれたが、あまりない攻撃パターンにかすかな戸惑いを見せた。

「『すぐ後悔することになる』……そんな安いセリフを言ってくれるな」

不快そうに眉《まゆ》をぴくりと動かすと、今度は俺を真似て足技攻撃を絡めはじめた。

俺も回避と防御を中心に、牽制《けんせい》するような蹴《け》りを見舞う。

だが互いの攻撃はいずれもクリーンヒットしない。

「スキルが有効でないとわかると、選択肢がひとつになってお互いやりやすいな」

俺が言うと、答えないままニセは攻撃を再開した。

だが、その分地力の差が明暗をわける。

そもそも俺は、何度も何度も攻撃をしかける戦闘スタイルではない。

文字通り、一撃必殺を何よりの信条としている。

攻撃すれば最後、ナイフを振るえば最後。そんな戦いがほとんどだった。

敵と何分も剣戟をかわすことなんて、滅多にない。覚えている中でエイミーとあと何人かくらいだ。

冷静にニセの攻撃を見ていると、『俺』たちがどれほど長期的な戦闘慣れしていないのかがよくわかる。

最初は様々な攻撃を見せていたが、余裕がなくなったのか、それともこれでいいと思っているのか、攻撃パターンが読めるようになってきた。

ナイフを足下、突きで喉元《のどもと》、次は左のナイフ――。

そんな具合に、敵の攻撃は予想の範囲内に収まった。

「ニセ、おまえに想定外をもう一度見せてやる」

腕輪に魔力を流すと、一瞬にして失くしたはずの腕が形成された。

「――!」

驚いた表情を浮かべる顔面に、魔力の拳を突き刺す。鼻っ柱に一撃を与えると、まだ混乱しているであろう敵の腹部に左拳を叩《たた》き込む。

くの字になったニセが、その場で崩れ落ちた。

「想定外は、いつだって起きるぞ」

「くっ……！」

旗色が悪くなったのを悟ったのか、ニセがスキルを発動させた。

一瞬にして周囲から姿を消した。

ダメージが入ったことで総合的に負けると判断したか。

だが、逃がすわけにはいかない。

二度の逃走を許す俺ではない。

想定した逃走ルートは見事に正解し、ニセの背中を捉《とら》えた。

「俺に『後悔させてやる』と言ったやつは、全員自分が後悔するハメになった」

「チッ――」

手負いではあるが、容赦する気はない。

こいつの容姿や能力がどうであれ、この国にとっての大罪人だ。

『こういう使い方はできるか？』

『あー！　あー！　いいね、それ！　できる！』

と、ワワークにお墨付きをもらった攻撃がひとつある。

『影が薄い』スキル発動。

同時に、魔力の腕から一部の魔力をさらに放出。

右手首から先が、青白い弾丸として射出された。

キュオン、と小気味いい音を発し、青白い弾丸はこちらを向いていたニセに直撃。

数メートル吹き飛ばした。

弾速もかなり速い。上々だ。

速いだけの攻撃が『俺』に当たるはずもない。

「正面からこちらを見ていたニセが反応もできないとはな」

俺はなくなった右手首を見る。

『影が薄い』スキルは、俺の全身に及ぶ。

効果中にその一部が放たれたのだから、数瞬は確実に認識できない。

「俺に飛び道具か……。フン、面白い」

どうやら、ただ腕が元に戻る以上に強くなってしまったようだ。


「本当に……ロランが二人……」

気を失ったニセを引きずりエルヴィの屋敷に戻ると、俺と偽者をエルヴィは何度も見比べた。

俺はエルヴィが持ってきた縄でニセを縛り上げていた。縄抜けができないように厳重にしたので、脱走することもないだろう。

「こいつが国王殺しの犯人のようだ。あとを頼みたい」

「わかった。すぐに地下牢《ちかろう》を手配しよう」

「貴様殿と同じスペックなら、地下牢くらい脱出してしまうのではないか？」

「俺は物理的な縛りに弱い。足枷《あしかせ》や手枷《てかせ》をつけて鉄格子を閉ざしておけば、出るのは容易ではない」

「ロラン本人がそう言うのであれば、そうなのだろう。警備や監視を含めあとで一度確認してもらいたい」

「それはおまえの仕事だろう？」

「だが……」

『俺』相手ではエルヴィも自信がないらしい。

「……わかった。あとで行く」

「感謝する」

エルヴィは屋敷を足早に出て行き、使用人に厩《うまや》の愛馬を連れて来させ、それに跨《また》がり颯爽《さつそう》と王城のほうへと駆けていった。

ライラが念のため、と睡眠魔法を使った。

「本当に、よくできておる。そなたの皮を被った何か、という可能性は？」

「ない。あれは間違いなく俺の『影が薄い』だ」

「……やはりそうか。この男に一度目の前でスキルを使われたとき、魔王城での戦いを思い出した」

転がっているニセに俺は腰かけた。

「どう思う？　孫の手として利用していた俺の腕がなくなり、こいつが現れた」

ぺしぺし、と起きる気配のないニセの頭を叩く。

「腕から発生したとも言っていた。虚言として聞き流してもよかったが……」

「妾《わらわ》もそなたも知らぬ未知の技術……とするほうが自然であろうが」

堂々巡りで俺もライラも意見は的を射ていない気がした。

「しゃべってくれればいいが、無理だろうな」

ライラの提案で、叩き起《お》こしたニセにあれこれ魔法を使ってみたものの、どれも効果はなかった。

だが、再び睡眠魔法を使うとあっさり効いた。

「情報を引き出そうとする魔法は無効か」

「その手の魔法が通じぬ、ということか」

魔族の魔法は人間の魔法よりも優れている。体系的にそうだと感じる。

魔族の頂点にいるライラが無理なのであれば、人間には到底不可能だ。

「偽ロランはどうして生まれ、どうしてなり代わろうとしておったのか……」

同じ疑問を持つ俺たちに、明解な答えは出なかった。

しばらくして手配が済んだと戻ってきたエルヴィが教えてくれた。

眠ったままのニセを引き渡し、捕らえておく地下牢を確認しについていく。

エルヴィの部下に案内され、王城を地下へと下りていく。

部下が手にしていた燭台《しょくだい》を壁にかけると、全容が明らかになった。

そこにあった牢屋《ろうや》はたったひとつ。

フロアをたった一人で使えるとは、ずいぶん好待遇らしい。

「監視はいない。食事を与えるときだけ、ここへ降りてくる。その係は毎日変える。不規則にだ。あまり接する機会は増やさないほうがいいだろうと思ったのだが、どうだろう」

「ん。いい配慮だ。言葉巧みに人心を操ることもできるからな」

「「できるのか……」」

ライラとエルヴィが呆《あき》れたような顔をする。

「そのために必要なのが、時間と個人との信用関係だ。それを築かせないようにする必要があるが、エルヴィのそのやり方なら問題ないだろう」

部下がニセの両手足に枷《かせ》をつける。枷には鎖が繋《つな》がっており、両手は常に引っ張られている状態となった。

部下が目隠しをさせ、頭の後ろで布を結ぶ。それと同じ要領で布切れを噛ませてやはり頭の後ろで結んだ。

鉄格子を開けて出てくると教えてくれた。

「この鉄格子には反魔法素材が使用されています。後々にわかったのですが、この素材は、スキルも通用しないのです」

「特別な人間を捕らえておくためだけの地下牢だ」

エルヴィが簡単に言い直した。

「逆ＶＩＰ待遇だな」

試しにライラが魔法で軽く攻撃してみたが、鉄格子はうんともすんとも言わない。

「む。やるな……」

設備に関しても監視のやり方にも文句はない。

人為的なミスが出なければここから出られないだろう。

「人が来たときだけここに燭台を置きますが、それ以外は完全な暗闇《くらやみ》です。目隠しの分、より光を感じることは難しいと思います」

燭台を取ると、光が届かない箇所から暗闇に沈んでいった。

城内に出ると、案内をしてくれた部下は元の仕事へ戻った。

近衛兵たちの詰め所となっている部屋に向かい、どう扱うかを決めていった。

「ルーベンス神王国としては、早々に処刑しておきたい」

「だろうな」

捕らえ続けていれば脱走のリスクが高まる上に、事情がやたらと込み入っているし手間でもある。

ライラが目配せをしてくる。わかっている、と俺は小さくうなずいた。

「あいつが、どういう存在で存在意義は何なのかが知りたい」

「そんなものを知ってどうする？」

「魔族にも人間にもない技術だ。あいつは俺の腕から発生したという」

「戯言を」

「だと思うだろうが……あのスキルは、俺だけのスキルで、身のこなしも戦闘中の思考回路も俺そのものだ。おまえも顔を見ただろう」

「それはそうだが……」

難色を示すエルヴィに、ライラが続けた。

「今回は、たまたまこやつの腕が選ばれただけかもしれぬ」

「……一体誰に」

「それがわかったら苦労はせぬ。保存していた腕から体が生えて瓜二《うりふた》つどころかそのものが形成されてしまう――そんな技術が存在するのであれば、堅物娘よ、わかるか？　髪の毛一本からでも『本人』が生まれてしまう可能性もある」

「過去の英雄も魔王も、復活が可能となる」

「私に、どうしろと……」

「時間をかけて拷問をしてほしい。かつてやられた中で一番ツラかったものがある」

それは、囚人暗殺の仕事があったときのことだった。囚人として監獄に潜入したときにやられた。

「痛みには強かった俺は、今度は闇《やみ》の中で放置された。どれくらいそうだったのかはわからない。時間感覚が麻痺《まひ》し、飢餓状態が続き、酷《ひど》いありさまだった。ただ、たまにやってくる看守が、ひと舐《な》め程度の水をくれる。簡単な挨拶《あいさつ》をしたり、世間話をしてくれたときもあった。逆に何も言わない日もあった。無明で無音で無機質な闇の中にいると、頭がおかしくなりそうだった。そんな中だと、その看守は救いの神に等しかった。彼は俺に何も訊《き》かなかった。そういう拷問だった」

「で……どうなったのだ？」

エルヴィが興味深そうに尋ねた。

「話しそうになった。自分が何者でどうしてここにいるのか、誰を殺す必要があるのか――。そうすれば、彼はそばにいてくれると思ったからだ。自分の仕事なんかよりも、目の前にいる男が俺に興味を持ってくれるほうが、大切に思えた……そう思い込むようになってしまった」

あとになりわかったが、囚人の誰かが大金を監獄の外で隠し持っている、と話題になったのが拷問の発端だった。

その誰かは、俺がすべてを看守に打ち明ける前に、大金の在処《ありか》をしゃべり、俺は解放された。

結果から言うと、そいつが俺の標的だった。

「話させるのではなく、自ら話したくなる環境を作る、ということか」

「そういうことだ。監視や世話をするだけならあれで構わないが、魔法で情報を引き出せないのなら、こうしていくしかないだろう」

「ううん……」

エルヴィの反応は悪い。

「そなたもしや……」

にやり、とライラが悪い顔をして笑う。

「『ロランと同じ姿形をしている者に、そのような酷いことはできぬぅー！』……とでも？」

「うっ……」

図星だったらしく、エルヴィは顔を赤くしていた。

「し、し、仕方ないだろう！　苦難を乗り越えてきた仲間と同じ容姿なのだ。中身が違うならまだしも、ロランは自身と同じだと言うし……どうしても躊躇《ちゅうちょ》してしまう……」

「おまえがツラいなら、別の誰かに任せればいい。あいつの救いの神になるのは、そう難しくない」

「わ、わかった。そうしよう」

「腑抜《ふぬ》けめ」

「う、うるさい！」

こうして、ニセのしばしの処遇が決まった。


ルーベンス王暗殺の一件も片付き、俺は日常に戻った。

ギルド職員として、業務を行う中で、仕事を時短していた理由を同僚たちから尋ねられた。

「ルーベンス神王国に、少々」

これを言うと、一瞬驚いたように目を丸くしたが、

「まあ、アルガン君なら、不可能じゃないのか……」

と、なぜか納得する人が多かった。

「ロランさん、今話題のルーベンス神王国はどうでしたか？」

旅行に行ったとでも思っているらしいミリアが、何気なく尋ねてきた。

「どう、とは……？」

「王様がご病気で亡くなられたんですよ。現地にいたのに知らなかったんですかー？　葬儀が盛大に執り行われたーみたいなことを、冒険者さんが言っていて……」

「ああ……そのことですか」

エルヴィの手紙によると、俺たちが去ったその日に表向きの発表をしたという。

ミリアの言う通り、混乱を避けるため急な病死としていた。

「僕がいたころは、まだそれが発表されていなくて、王都のウイガルはとくに変わった様子はありませんでしたよ」

「そうでしたか～。ちょっとしたお祭り騒ぎだったのかなぁ、と思って」

国によっては、厳かな葬式もあるが、お祭り騒ぎ……とまでは言わないが、派手な催事として葬儀を行う国もあった。

俺の偽者……ニセについては、これといった情報は得られていないようだった。

いずれにしても連絡は続けると手紙にはあったが、処刑は近日中に密《ひそ》かに執行されるとも認《したた》められていた。

時間がないというこちらの焦りを見抜かれれば、精神的に優位に立たれることになる。

どうか慎重にやってほしいものだ。

尽力して情報を得ることが叶《かな》わないのであれば、処刑は致し方ないだろう。

あの謎の技術……どうにかして情報を得たいものだが、ランドルフ王なら何かわかるだろうか。

「ロランさーん？　冒険者さんが呼んでますよー？」

「はい。すぐに」

席を立った俺は、カウンターの席に着いた。

ランドルフ王の前に、ワワークのところへついでに寄ろう。

腕輪を使ったら報告してほしいと別れ際に何度か言っていたことを思い出した。


俺が時期を見て工房を訪れようとしたら、ワワークが自力で俺の家を見つけてやってきた。

「で、で、でっ！　どうだった、どうだった？」

リビングの向かいのソファに座っていたワワークが、グイグイと青白い顔を寄せてくる。

それを俺は左手でぐいっと押し戻した。

俺の左右にはライラとディーがいる。

「がっつくな」

「とは言うけどね、ロラン君。気になるものなんだ。試作段階で大した性能試験もしてないわけだし」

「結論から言う」

ごくり、とワワークが喉《のど》を鳴らした。

「使える」

「ひゃほぉーい！」

子供のように両手を上げて快哉《かいさい》を叫んだ。

「おかしな腕輪をしておると思ったら、こやつが開発した道具であったか」

合点がいったように、ライラは何度かうなずく。

「でもぉ。何だか不愉快だわぁ～」

少女のように唇を尖《とが》らせているディーが、興奮気味のワワークに目をやった。

「ロラン様に頼られるなんてぇ。わたくしがいれば十分だと思うのだけれど」

「首輪のない姿《わらわ》もおるぞ」

「俺対俺の戦闘で足手まといにならない自信があるのなら、今後は頼りたいと思う」

すっとライラもディーも俺から目をそらした。

「ダメよう。ロラン様対ロラン様だなんて……わたくし、ひりつく殺気で濡《ぬ》れてしまうかも……」

「死にぞこない吸血鬼め……年中盛っておるな、そなたは……」

膝《ひざ》をすり合わせるディーに、ライラは呆れたような顔をしていた。

「ロラン君がアイディアを出してくれたあの戦術は――」

「効果てきめん」

「ヒュゥ」

口笛を吹くワワークの機嫌は最高潮のようだった。

「こんな陰険な男が、ロラン様のお役に立つだなんて……わたくし、妬《や》いてしまうわぁ」

「何を言っている。おまえは十分役に立っているぞ、ディー」

「んもぉ……ロラン様ったら……。――好き♡」

何も反応しないライラをちらりと見ると、無表情のまま一点を見つめ、こめかみに何本もの青筋を浮かべていた。

「い、今なら、この死にぞこない吸血女を、塵《ちり》にできるというのに」

怒りで声を震わせていた。

「だが……塵にすれば妾は嫉妬《しっと》心に蝕《むしば》まれた器の小さな女ということに――」

「ダメよう、ライリーラ様？　魔王パゥワーを発揮しちゃうと、色んな面倒なお方が魔界からやってくるわよぉ？」

「わかっておるわ！」

フシャァ！　と今にも噛《か》みつきそうなライラだった。

このやりとりを、ワワークは不思議そうに眺めていた。

「何だ？　何か言いたげだな」

「ああ、不思議な人だね、君は」

俺を挟んで無言で睨《にら》み合うライラとディーに目をやって、ワワークは苦笑する。

「あの魔王様が、こんなふうになるなんて。それに、張り合おうとしているのは元部下で、軍団内での序列もずいぶん離れていたと聞く」

「もう魔王はやめたらしい。肩肘《かたひじ》張《は》らずに暮らしているようだから、それで違って見えるんだろう」

「そうさせているのは君だろうに」

「たまたまここに居着いてしまっただけだろう」

そうかな、とワワークは肩をすくめる。

「腕輪の概要を聞いて、すぐさま有効な戦術を考案する……恐ろしいほどの戦闘センスだ。魔王を撃破するのも、うなずける。……もっとも、今では違う意味で撃破してしまったようだけれど」

ディーはウフフと微笑を崩していないが、やる気ならやる、という姿勢を隠そうともしていない。

それが癇《かん》に障るらしく、ライラの気性を逆なでする結果となっていた。

以前ワワークが右腕がほしくないか、と言ってきた。そのときに感じた気持ちを、俺はまだ失ってはいない。

あの『右腕』を使いこなせるようになれば、俺は……。

願っても願っても手にすることができなかった中距離からの攻撃を可能にした。

『影が薄い』を付与しての攻撃は、『俺』が反応もできない代物だった。

この『右腕』をもっと知れば、俺はもっと――。

「ワワークよ。とある新技術のことで訊きたい」

「何でしょう」

ディーと張り合うのをやめたライラは、ワワークに『俺』のことを話した。

「それは、ボクもわからないですね。術式言語についても、ボク個人が研究し開発したものだ。吸血族がどうというわけではなくて。その可能性も考えておいたほうがいいのかもしれないです」

「そなたでもわからぬか」

ライラが小さくため息をついた。

ちょうどいいタイミングだと思ったのか、ワワークが辞去した。
「また改良していくから、要望があったら教えてほしい」と言い残して。
突き詰めて、これ以上はないというところまで、俺は自分を高めたつもりだった。
スキルを深化させてきたつもりだった。
だが、腕輪の装着で、俺は知ってしまった。
己の伸びしろと、可能性を——。
俺はまだ強くなれるのだと。

11　火種

◆？？？◆

王城地下の特別房に囚《とら》われた男は、ぶつぶつと独り言をこぼしていた。

「知っている。知っている。経験済みだ。このやり方は、あの監獄での……」

対エイミー戦で斬り飛ばされるまでの右腕としての記憶が、男には残っていた。

目隠しをされ、真っ暗闇《くらやみ》の中に放置される。

誰《だれ》がいつ来るとも知れない中、男は頭がどうにかなりそうなほどの静寂に耐えていた。

そんなとき、かつかつ、と足音が小さく聞こえる。欲していた光が目隠し越しでもかすかに感じられた。

飢餓感をしばらくは遠ざけられそうだ。そんなふうに思っていると、空気に香りがついたかのような柔らかなにおいがする。

女のにおいだ。

鉄格子が軋《きし》んだ音を上げ、開かれる。

足音と共に香りは強くなっていく。

外で生活していれば何とも思わないであろうこの嗅覚《きゆうかく》は、この特別房にいるからこそ鋭敏になったものだった。

「水だ。飲むといい」

声で誰が来たのかわかった。目隠しを取らないあたり、顔を直視したくないのだろう。本物をよく知っているから。

口を開けると、スプーンひとすくいほどの水が一滴、一滴と垂れ、口内がかすかに潤った。

「エルヴィか」

「……」

「隠さなくてもいい。声でわかる」

「処刑日が決まった。明日だ。名もなく死んでいくがいい」

「そうか」

「教えてほしい。質問に答えてくれたなら、明日までの命ではあるが、飢えと渇きを癒せることを約束しよう」

――迷った。

口にしかけた言葉を、喉の奥に押し込んで、一拍、間を開けた。

「俺は、ロランの分身だ。今までおまえたちと何をしてきて、どんな関係性だったのかも知っている」

「……経験ではなく、あくまでもただの知識だ」

「フン。違いない」

「話すつもりがないのであれば、ここまでだ」

コツン、と硬い踵《かかと》で特別房の床を叩《たた》く音がした。

「別の話ならできる」

「別の話とは？」

コツン、コツン、と間隔がゆるくなり、そこで足が完全に止まるのがわかった。

「俺たち……いや、ロランを含めた勇者パーティは魔王を討伐した」

「だから何だ」

「魔王は死んでいない。生きている」

「何を言うかと思えば……戯言を。我々が死体を確認したのだぞ」

「倒したわけではないだろう。倒したのは『俺』だ。ロランだ。……セラフィンが持っていた魔法具の首輪を使い、魔王を『殺した』。あいつは……ロランは魔王を逃がした。奴《やつ》は今も生きている」

無言だった。衝撃を受けているのだろうと予想できた。

一本気な性格なのは記憶にある通りだ。馬鹿がつくほど真面目《まじめ》な彼女が、このあとどう動くのかも見当がついた。

……翌日、男は秘密裏に処刑された。

暗殺者の末路のひとつとしては、珍しくもないのだろう。

見届けたエルヴィには、昨日《きのう》の男の言葉が、血糊《ちのり》のように頭の中にこびりついて離れなかった。

ロランが欲しがった情報は話さないだろうと思ったエルヴィは、昨日、特別房を出た。そのとき、とどめのひと言が聞こえた。


「赤髪赤目の、美しい魔族の女だ。ピンときたのなら、そいつが魔王だ」

あとがき

こんにちは。ケンノジです。

本作のコミカライズ版が大変好調のようです。ライラをはじめ、ミリアや支部長たちがとても可愛《かわい》いです。自分が思っているイメージ通りの表情だったりシーンだったりします。こちらもとても面白いので未読の方は是非一度読んでみてください！

さて6巻をざっくりとひと言で言うなら、失った物に代わり新たな物を手に入れる、という話でした。何がどうなのかは読了された方はおわかりかと思いますが、何だかんだ言いながら、ロランはやっぱり不便だったんだろうなと思います。「一本で事足りる」みたいなこと言ってますけど。

次巻も例のごとくロランが活躍していきます。どうぞご期待ください！

ケンノジ

お便りはこちらまで

〒102－8177
カドカワBOOKS編集部　気付
ケンノジ（様）宛
KWKM（様）宛

カドカワBOOKS

外《はず》れスキル「影《かげ》が薄《うす》い」を持《も》つギルド職員《しょくいん》が、実《じつ》は伝説《でんせつ》の暗殺者《あんさつしゃ》6

2021年3月10日　初版発行

著者／ケンノジ

発行者／青柳昌行

発行／株式会社KADOKAWA

〒102-8177
東京都千代田区富士見2-13-3
電話／0570-002-301（ナビダイヤル）

編集／カドカワBOOKS編集部

印刷所／暁印刷

製本所／本間製本

●お問い合わせ
https://www.kadokawa.co.jp/（「お問い合わせ」へお進みください）
※内容によっては、お答えできない場合があります。
※サポートは日本国内のみとさせていただきます。
※Japanese text only

Printed in Japan
ISBN 978-4-04-074004-1 C0093

新文芸宣言

かつて「知」と「美」は特権階級の所有物でした。

15世紀、グーテンベルクが発明した活版印刷技術は、特権階級から「知」と「美」を解放し、ルネサンスや宗教改革を導きました。市民革命や産業革命も、大衆に「知」と「美」が広まらなければ起こりえませんでした。人間は、本を読むことにより、自由と平等を獲得していったのです。

21世紀、インターネット技術により、第二の「知」と「美」の解放が起こりました。一部の選ばれた才能を持つ者だけが文章や絵、映像を発表できる時代は終わり、誰もがネット上で自己表現を出来る時代がやってきました。

UGC（ユーザージェネレイテッドコンテンツ）の波は、今世界を席巻しています。UGCから生まれた小説は、一般大衆からの批評を取り込みながら内容を充実させて行きます。受け手と送り手の情報の交換によって、UGCは量的な評価を獲得し、爆発的にその数を増やしているのです。

こうしたUGCから生まれた小説群を、私たちは「新文芸」と名付けました。

新文芸は、インターネットによる新しい「知」と「美」の形です。

2015年10月10日

井上伸一郎

突然宇宙で目覚めたら――
美女美少女とハイスペ船で
無双でしょ！

異世界に転生したエイゾウ。モノづくりがしたい、と願って神に貰ったのは、国政を左右するレベルの業物を生み出すチートで……!? そんなの危なっかしいし、そこそこの力で鍛冶屋として生計を立てるとするか……。

鍛冶屋ではじめる異世界スローライフ
シリーズ好評発売中!!
第4回カクヨムWeb小説コンテスト
異世界ファンタジー部門〈大賞〉

生きて、
蜘蛛子ちゃん――!!
全ネットが応援した
衝撃の問題作!!
角川コミックス・エースより
好評発売中!
スピンオフコミックも
要チェック!!
蜘蛛子の七転八倒
ダンジョンライフが
漫画で読める!?
蜘蛛ですが、なにか？
漫画:グラタン鳥
漫画:かかし朝浩
書籍、コミックなどの情報が集約された特設サイト公開中!
「蜘蛛ですが、なにか？ 特設サイト」で 検索
シリーズ好評発売中!
カドカワBOOKS